# LES COQUINS TRIOMPHANTS.

# LES

# COQUINS TRIOMPHANTS

PAR

JULES NORIAC.





I

PARIS, 1869.

NAUMBOURG S/S., CHEZ G. PAETZ, LIBRAIRE-ÉDITEUR.

# PREMIERE PARTIE.

## I

Le restaurant des *Provençaux* est un restaurant unique à Paris.

C'est là que se font les grandes noces et les petits festins, les repas de corps et les dîners singuliers. Les banquets y ont eu de belles soirées et les Anglaises pudiques y déjeunent volontiers parce que les cabinets sont sur la rue et qu'il y a une entrée particulière.

Du reste bonne cuisine, bon service et des prix assez exorbitants pour que bien des gens y regardent avant de se marier une seconde fois.

Le 11 août 1847, à 7 heures du soir, un maitre d'hôtel introduisait sept ou huit jeunes gens dans le salon rouge.

Aux Provençaux on dine toujours dans un salon rouge. Les propriétaires se succèdent, les garçons y passent par milliers, seul le salon rouge est immortel.

Peut-être tous les salons sont-ils rouges? c'est fort possible, cela doit être et cela a même une raison d'être qu'il est inutile d'expliquer ici.

Le salon rouge était étincelant de lumières, trop étincelant même. La bougie et le gaz font mauvais ménage ensemble, les restaurateurs savent si bien cela qu'ils ont imaginé de supprimer la bougie et de faire passer leur gaz dans des bougies en porcelaine; ça fait mal aux yeux, mais ça concilie tout.

La table autour de laquelle les jeunes gens allaient s'asseoir était disposée pour vingt-cinq convives. La magnificence de l'endroit s'y déployait suffisamment.

Un surtout en glace, chargé de fruits et de confiserie, mettait en relief deux corbeilles de fleurs.

Été et hiver, ces fleurs sont artificielles. Rien n'est beau que le vrai, aussi rien n'est plus cher.

Aux deux extrémités des corbeilles, on voyait, dans tout leur éclat, deux vases Médicis en nougat.

Ces deux vases étaient le fruit d'une mode nouvelle qui avait la prétention de supprimer les classiques cornes d'abondance qui prêtaient par trop aux plaisanteries vieilles et déplacées.

La mode nouvelle succomba bien vite. Aux noces et festins, on invite de préférence d'aimables farceurs chargés d'égayer la compagnie par des plaisanteries de haut goût. Or, lorsque les vases remplacèrent les cornes, ces plaisantins, qui n'avaient pas été avertis à temps, furent fort empêchés, et pendant plus de six mois toutes les noces furent fort tristes.

Les vases ne prêtent qu'à une facétie de fort mauvais goût, et tout le monde n'est pas de taille à faire des plaisanteries sur les Médicis.

L'oncle Manuel, lui-même, hésiterait à blaguer cette famille amie des arts.

On fit un coup d'État: les vases furent exilés comme des républicains, et les cornes d'abondance furent réintégrées sur le trône de leurs mères et résistèrent depuis à toutes les révolutions, plutôt à cause de leur forme que de leur abondance.

Et comme si les cornes n'eussent pas suffi, les trois Mousquetaires provençaux eurent l'horrible idée de placer au milieu d'elles une galère en sucre jaune avec des vergues, des voiles et des cordages en sucre blanc, ornée d'un pavillon tricolore.

Vous voyez d'ici ce que peut amener dans la conversation des bourgeois cette galère ainsi entourée.

Un jour de mariage tout le monde se croit obligé de dire une inconvenance, et ce sont les vieux qui, ce jour-là, tiennent le haut du pavé.

Dites-moi pourquoi ces vieillards aux dents jaunes sont si heureux de rire en faisant rougir les filles de leur sœur? Ah! c'est un beau jour!

Seulement lorsqu'on est au dessert, pour peu

que l'on ne soit pas gris, on rêve d'être garçon. Quand on l'est, on rêve d'être veuf.

Les jeunes gens qu'on avait introduits dans le salon rouge, parurent étonnés, en entrant, d'être les premiers arrivés.

Quoique seuls, ils conservèrent l'attitude guindée qu'ils avaient en entrant.

— Je crois, dit l'un d'eux, que cette petite fête ne sera pas sans influence sur nos destinées; qu'en pensez-vous, messieurs?

Les messieurs restèrent froids, et ne répondirent rien.

— L'importance de cette réunion est grande, continua le même parleur, car il est de toute nécessité de...

— Tais-toi; voici les autres, fit un voisin. D'ailleurs nous ne sommes pas ici pour faire des discours.

La porte s'ouvrit et livra passage à cinq ou six habits noirs qui entrèrent presque à la fois.

Les nouveaux venus s'arrêtaient prudemment quelques secondes sur le seuil de la porte. Ils saluaient, cherchaient des yeux quelqu'un de connaissance, et, ce quelqu'un trouvé, des poignées de mains s'échangèrent en silence.

Au bout d'un quart d'heure, les convives étaient vingt-quatre. Tous portaient l'habit noir traditionnel.

Les habits sont noirs comme les chats sont gris, mais qu'ils se ressemblent peu?

Toutes les variétés d'habits semblaient s'être donné rendez-vous ce soir-là.

Assis près de la fenêtre, un gentleman étalait avec grâce les anglaises d'un frac taillé par Sumers ou par le successeur de Dusautoy; les reflets du drap fin et mat s'alliaient harmonieusement avec la blancheur d'un linge irréprochable.

A côté, un homme d'apparence se pavanait dans un de ces habits noirs que les sociétés archéologiques de l'avenir auront, j'espère, l'esprit de collectionner, parce qu'ils détermineront bien plus sérieusement une époque que les bas-reliefs cocasses que les paysans madrés découvrent dans des champs d'aubergines.

L'habit est un vêtement lugubre non parce qu'il est noir, mais parce qu'il raconte toujours l'histoire du pauvre homme qui le porte.

L'habit noir ne s'use pas; c'est son seul tort, les nécessiteux ne le renouvellent jamais et les bohêmes ne s'en dessaisissent qu'à la dernière extrémité. Le Mont-de-Piété semble conspirer pour son éternelle conservation. Il prête vingt francs sur un paletot; cinq sur un habit. On trouve dix sous pour renouveler l'habit, on laisse vendre le paletot faute de deux francs.

Quand Béranger disait à son habit:

> Mon vieil ami, ne nous séparons pas...

Il était dans le faux.

Le faux était la manière ordinaire de Béranger.

L'homme ne peut se séparer de son habit noir.

Une considération vient atténuer l'erreur du chantre d'*Octavie*. Dans son temps, on portait des habits chocolat et abricot ; c'est dit dans Désaugiers.

Quand un déclassé entre dans un salon, ne vous semble-t-il pas que son habit noir vous raconte une histoire :

„— Mesdames et messieurs, regardez je vous prie ; mon maître, depuis vingt ans n'a pas eu six louis dans sa poche afin de m'acheter un remplaçant. Ce qui est plus grave, c'est que l'univers l'a tellement abandonné qu'il n'a même pas trouvé un tailleur chrétien qui ait eu en lui la moindre confiance. Regardez-moi, je vous prie, je suis né en 1848 ; je suis un triste fils de la révolution et c'est par un hasard étrange et heureux du coup d'État que j'ai pu obtenir un collet neuf.

Et cependant bien des gens puissants ont vu mon dos ; je me suis incliné devant tout ce qui peut donner. On m'a dit avec bonté — relevez-vous, mais on ne m'a rien donné. Ces lignes luisantes, sillons transparents qui bigazent mes revers ne sont pas des traces ignobles du festin d'hier : autrefois mon maître pleurait.‟

Jadis qu'un gentilhomme pauvre chassé de son pigeonnier par la faim arrivât par aventure fortuite au milieu des damerets, vêtu d'un costume du règne précédent, il avait l'air d'un héros des grandes guerres échappé du tombeau.

Aujourd'hui il aurait l'air d'un échappé du Temple où Dieu, devenu plus raisonnable, a logé les marchands qui ont une permission du préfet de la Seine.

En montant l'escalier, plus d'un convive avait rougi en tendant son chapeau chauve au garçon du vestiaire, et plus d'un aussi avait eu envie de lui emprunter ses bottes.

Mais le garçon ne les eût pas prêtées. Le garçon du vestiaire des Provençaux est un philosophe observateur qui sait le fond de toutes les bourses et qui fournit des renseignements à la Banque de France.

Un léger malaise régnait dans l'assemblée; on se regardait avec circonspection; on s'examinait en dessous et beaucoup, qui se connaissaient de longue date, feignaient de ne s'être jamais vus.

On ne saurait être trop prudent dans ses relations.

Tout à coup la porte s'ouvrit et un petit vieillard, ignoblement sordide, montra sa face jaune et ridée.

Un *hurrah* de satisfaction accueillit la venue du petit vieux.

Quant à lui, il s'avança lentement, acceptant, comme une chose due, les marques de satisfaction qu'on lui prodiguait. Il regarda attentivement toutes les figures, et sûr que son monde était bien là, il s'assit tranquillement, et dit:

— Maintenant, mes petits coquins, nous allons dîner ; nous causerons après.

Tout le monde s'inclina. Chacun prit place et le dîner commença.

Ici, un observateur eût pu faire une singulière remarque.

Ceux des convives qui, par leur mise et par leurs faces rayonnantes, paraissaient devoir manger tous les jours, se mirent à dévorer consciencieusement tout ce qu'on présentait.

Les autres eurent un moment d'hésitation ; malgré leurs faces décharnées, leurs yeux convoiteurs, ils mettaient à accepter ce que les maîtres d'hôtel leur offraient une réserve extrême.

Des jeûnes fréquents avaient-ils bouché des appétits incommensurables naguère ? L'espoir de faire un dîner plantureux les avait-il rassasiés ; n'osaient-ils, par respect humain, se précipiter sur les mets savoureux, ou bien encore — cette situation doit être la vraie — pensaient-ils en imposer à leurs commensaux par une indifférence si loin de leur estomac ?

Une des grandes douleurs de l'homme qui n'a pas de bottes, est de sortir avec des bottes percées; quand il a beaucoup de bottes, l'homme sort volontiers avec des savates. Je ne l'approuve pas, je constate le fait.

Mes petits coquins, s'écria tout à coup le petit vieux, ne nous pressons pas, je vous en supplie. Je vois des signes d'impatience qui sont absurdes. Laissez boire ceux qui ont soif et manger ceux qui ont faim ; c'est un precépte de l'Évangile, mais ça ne fait rien.

D'ailleurs, rien n'assure les idées comme un bon dîner. La seule manière intelligente de rompre la glace est de boire du Champagne frappé. Quand la glace sera rompue, vous tâcherez d'avoir de l'esprit, si c'est possible.

— Maître, répondit l'un des assistants, si nous n'en avons pas, vous qui pourriez en revendre, vous nous en prêterez.

— Tu ne me le rendrais pas, s'écria le petit vieux ; je te connais, mon fils.

Cette réponse d'un esprit douteux obtint une grande faveur parmi les assistants qui, du reste, affectèrent de s'extasier à chacune des paroles du vieillard.

Au café chacun se leva, on alluma les cigares. Le vieillard secoua la tête en regardant les boites de *Londrès* et de *Planteurs*.

— Je suis comme le peintre Corot, fit-il, j'aimerais mieux une bonne pipe.

Qu'un vieux garde champêtre édenté fume son brûle-gueule, ce n'est pas beau, mais son tricorne, son sabre et la lithographie ont popularisé le type ; on passe là dessus. Mais s'il est quelque chose de répugnant au monde, c'est bien de voir un vieillard bien mis fumer une vieille pipe. Pourtant les convives jetèrent les hauts cris.

— Oui, monsieur le proviseur, oui, vous avez

raison, des pipes vaudraient cent fois mieux, c'est bien meilleur que ces feuilles de chou.

— C'est parce que ça vaudrait mieux que ça ne vaut rien, dit celui qu'on appelait monsieur le proviseur. Il faut savoir faire des sacrifices à propos. Il n'est permis qu'aux millionnaires et aux grands artistes de fumer la pipe. Aucun de vous ne deviendra un grand artiste, tâchez donc de devenir des millionnaires et nous verrons.

Il se fit un silence.

Le proviseur reprit:

— Mes chers petits coquins, je vous ai convoqués et je vous offre à dîner afin de vous soumettre un plan que vous allez goûter, j'espère. Dressez vos oreilles d'ânes que j'ai si souvent tirées et m'écoutez.

Comme personne ne soufflait mot, le proviseur continua:

— Depuis quelques années on ne peut prendre un journal sans y lire la mention suivante:

„Le banquet des anciens élèves de Ste-Barbe, du collége Bourbon, du collége de Sorez, du collége de Juilly aura lieu le...; on se réunira chez Douix à 7 heures et demie-précises.“

— C'est vrai, répondirent les convives.

— Le lendemain, continua le proviseur, on trouve le compte-rendu de la petite fête. C'est à toucher les cœurs les plus endurcis. Le ministre un tel n'a pas dédaigné de venir s'asseoir parmi ses vieux camarades d'enfance. La Bredouillère a fait une chanson. Castafiol, le savant ingénieur, a prononcé un discours; il a rappelé toutes les notabilités qui sont sorties de la boutique, et Hippolyte Rondache, huissier près le juge de paix du premier arrondissement, n'a pas hésité à se déclarer fier de tant d'illustrations. Remarquez que cela n'empêchera pas Rondache de saisir ses nobles amis, Castafiol de se plaindre qu'on décore tout le monde, et La Bredouillère de faire des chansons politiques dont les blagués sont ses vieux amis. Le vaudevilliste Brisetacanne lui-même a daigné lire de mauvais vers et, comme on ne l'a pas suffisamment applaudi, il a lancé l'anathème en partant et a appelé ses anciens condisciples: bourgeois! Au milieu de tout cela M. Chandernagor, le vénérable proviseur, pleure d'attendrissement. Est-ce bien cela?

— Très-bien, très-bien! C'est tout-à-fait ça!

— Eh bien, mes enfants, tout cela est bête à manger du foin et faux comme l'orchestre du café des Aveugles. A quoi cela sert-il? A quoi cela rime-t-il? à rien, rien, rien.

— C'est vrai, c'est vrai.

— Ces anciens amis qui se réunissent pour se revoir, n'est-ce pas le comble du burlesque? Ceux qui sont dans des positions identiques ne se voient-ils pas tous les jours?

— C'est vrai.

— Ceux qui sont dans des positions différentes se verront-ils plus parce qu'ils se trouvent une fois par an à la même table? Le riche ouvrira-t-il sa porte au pauvre parce qu'il aura mangé du macaroni avec lui dans un cabaret? c'est hébété.

— C'est stupide.

— On sait, continua le petit vieux, ce que sont les amis de collége.

— Ah! oui, répondirent tous les convives en se regardant avec colère.

— Bon, fit le vieux proviseur, je vois que vous vous êtes déjà essayés, mes petits coquins, tant mieux, j'aurai moins de peine à me faire comprendre. Avant de continuer, permettez-moi de faire le contraire de ce qu'on fait dans les réunions dont je parlais. Eux boivent aux joies du passés, aux souvenirs envolés de la jeunesse. Que nous importe à nous un temps qui ne reviendra plus? C'est à l'avenir qu'il faut boire!

— A l'avenir! s'écrièrent les convives.

— Avec ça, qu'il est beau le temps du collége! quel est celui de vous qui a été heureux! S'il en est un parmi vous, qu'il se lève.

Personne ne bougea.

— Vous voyez, reprit monsieur le proviseur, pas un de vous n'a sourcillé. Ah! c'est que je vous ai choisis avec soin, mes chers petits coquins; je me suis souvenu de vous tous, mes bandits bien aimés; je vous porte dans mon cœur.

— Vive M. le proviseur!

— C'est bon. Dites-moi, ne vous a-t-il pas

semblé que cette barbue à la hollandaise, valait mieux que la morue du vendredi? Ne trouvez-vous pas que le filet aux tomates farcies, et que la dinde sauce Périgueux, arrosée de Pomard et de d'Estournel, ne valent pas mieux que le veau, l'affreux veau desséché ou le ragoût de mouton, irrigué de vin du Cher baptisé par ma nièce, la charmante Ophélia, que vous alliez taquiner pendant la récréation, fils du diable! Je la laissais faire, parce qu'elle vous prenait vos sous quand vous en aviez, ce qui n'arrivait pas souvent, attendu que vous étiez presque tous boursiers ou bâtards.

Un murmure se fit dans l'assemblée.

— Quoi, quoi? reprit M. le proviseur, vous grognez? mais vous êtes des sots: les boursiers et les bâtards ne sont cause ni de leur bourse, ni de leur naissance. D'ailleurs, rappelez-vous que l'homme qui ne sait pas entendre une injure sans sourciller n'arrivera jamais à rien. Si vous vous brouillez avec tout le monde à propos d'un mot, vous n'aurez jamais de relations.

Ici M. le proviseur versa goutte à goutte du cognac dans son café, but deux ou trois gorgées et continua:

— Dans ma longue carrière, j'ai vu bien des mauvais polissons, bien des bandits, mais je vous dois cette justice que vous êtes la fleur des drôles.

Un murmure mieux dessiné que le premier

arrêta encore M. le proviseur. Le petit vieillard ne se laissa pas plus intimider cette fois que la précédente.

— Voyons, jeunes farceurs, dit-il en essuyant les verres bleus de ses lunettes, entendons-nous une bonne fois parce que je n'aime pas à être interrompu. Voulez-vous être des saints, allez à Rome et laissez-moi tranquille; tout chemin y mène. Allez, ne vous gênez pas. Si, au contraire, vous avez d'autres aspirations, taisez-vous et m'écoutez. Pour vous mettre à votre aise, je vais vous conter mon histoire; elle n'est pas longue.

— Nous écoutons, nous écoutons! s'écrièrent les convives.

— Je m'appelle Jean-Baptiste-Théodore Gredin. Mon père, malgré son nom, était un brave homme. Mais il était pauvre et cordonnier, deux vilains défauts. Allez donc percer dans le monde quand on est le fils d'un pauvre diable de savetier et qu'on s'appelle Gredin! Aussi n'ai-je point percé. J'ai voulu être prêtre, mais j'étais trop petit et trop laid. Je me fis professeur. Pendant trente ans, j'ai entendu de misérables enfants que j'instruisais se moquer de ma laideur et de mon nom. Des cancres de la pire espèce, des butors, des ignares, des crétins se sont joués de moi et m'ont poursuivi de leurs sarcasmes stupides et odieux depuis le jour où j'ai été obligé de faire le plus horrible métier du monde pour gagner mon pain.

Les années les plus belles de l'existence de l'homme ont été pour moi des siècles de torture. Pendant que les jeunes gens de mon âge s'en allaient, le soir, rire et causer avec de belles jeunes filles, pendant qu'ils escaladaient les balcons, qu'ils dansaient, qu'ils aimaient ; pendant qu'ils passaient des journées de plaisir à étaler leurs beaux habits et des nuits de joies à étaler leurs cœurs, moi, sombre, déguenillé, crasseux et laid, je menais à la promenade d'infâmes polissons qui me jettaient de la boue sur les routes. Cependant j'aurais dû leur faire pitié. A la classe, cette vermine maudite mettait de la poix sur ma chaise et riait à se tordre en voyant les lambeaux de mon unique pantalon rester collés à mon siége ; les nuits, si belles pour d'autres, étaient pleines d'effroi pour moi ; mon lit, lit bien dur par lui-même, était rempli de pierres ou d'ordures. Les vauriens se levaient, quand parfois Dieu ou le diable m'envoyait une heure de sommeil, pour répandre sur mes haillons l'huile de la lampe du dortoir. Je n'osais bouger de peur de trouver des cordes ou des piéges autour de moi ; parfois même je n'osais me plaindre parce que les grands me battaient.

Le vieillard regarda autour de lui.

— Je vous dispense de me plaindre, continua-t-il, cela ne servirait à rien. Mais convenez, aujourd'hui que vous savez la vie et que beaucoup d'entre vous ont souffert; convenez que mon sort a été vraiment misérable. Pendant dix ans j'ai cherché un homme plus malheureux que moi et je ne l'ai point rencontré. Si je l'eusse trouvé, oh! je vous le jure, je l'aurais tué de mes mains: comment? je n'en sais rien; je l'aurais étranglé, je l'aurais déchiré avec mes ongles, je l'aurais écrasé à coups de pierres et, ceci fait, je me serais assis sur son cadavre, heureux d'avoir pu faire une bonne action en ma vie.

Tout le monde restait silencieux, tant l'aspect du petit vieillard était plein de fureur. Son visage s'était transformé; la fouine avait fait place à l'hyène.

— Ah! ah! mes drôles, reprit-il, ma biographie jette un froid! attendez, ce n'est pas fini.

Donc, à vingt-deux ans, je n'avais été qu'un objet de risée et de mépris. J'avais une mère cependant, mais ma mère me haïssait: j'avais un père, mais mon père me méprisait, parce que mes deux frères, l'un cordonnier, l'autre menuisier gagnaient plus d'argent que moi. Ces êtres, qui auraient dû m'aimer, puisqu'ils étaient les auteurs de mes maux, me détestaient comme le reste de l'humanité.

Pourtant, un pauvre petit être s'attacha à moi. Je crus que Dieu m'avait pardonné; c'était un gracieux enfant de dix ans, blond et doux comme un ange. Il m'aimait bien, le pauvre petit; il venait partager avec moi ses gâteaux et ses fruits, comme il eût fait pour un de ses petits camarades. Un jour, je lui demandai pourquoi il s'était attaché à moi, il me répondit :

— M'sieu je vous aime parce que personne ne vous aime; quand je serai grand je vous défendrai.

Je pris le pauvre enfant en grande affection; je l'instruisais de mon mieux; il était très-intelligent, toujours le premier dans sa classe; il était en septième. Comme je ne pouvais rien lui donner, je lui fabriquais des moulins, des toupies, des canons de bois, tout ce que je pouvais imaginer. Hélas! ce fut un tort. Le pauvre petit devint un objet de ridicule. Les gamins le battaient et l'appelaient l'ami du pion Gredin, ou le domestique du Gredin, ou le gredin du Gredin et c'était à qui le bousculerait. Chose horrible! mes confrères les autres maîtres d'études ou petits professeurs prirent cet enfant en aversion, et pour un rien il était rossé ou puni. J'étais un objet de dégoût et on lui faisait partager ma disgrâce.

Le cher petit souffrait tout cela sans rien dire; mais sa nature délicate ne put résister à tant de taquineries et de mauvais traitements, il tomba malade. J'allai le voir à l'infirmerie, on me refusa la porte; je m'élançai chez le principal pour lui demander les motifs d'une rigueur aussi extraordinaire, il m'attendait :

— Monsieur, m'écriai-je en le voyant, il se

passe un fait étrange; je n'aime qu'un être au monde, et l'on veut m'empêcher de le voir.

— Le fait n'est pas étrange, monsieur, me répondit sévèrement le principal; ce qui est plus étrange, vous en conviendrez, c'est l'affection inexplicable que vous avez pour cet enfant et que vous avez su lui faire partager.

— En effet, c'est étrange, lui répondis-je avec amertume, c'est étrange de voir un être au monde qui se soit attaché à moi.

— J'espérais, reprit le principal avec dégoût, que vous chercheriez au moins à vous disculper.

— Me disculper d'aimer et d'être aimé? ah! monsieur, pourquoi me disculperais-je?

— C'est bien, fit-il, sévèrement. J'aviserai.

Trois jours après, le pauvre petit malade mourut.

J'ignorais cette mort que rien ne pouvait me faire prévoir; voici comment je l'appris: En arrivant au dortoir, je remarquais un bruit inaccoutumé; je m'avançais lentement craignant quelque cruauté nouvelle; je ne m'étais pas trompé. Deux vauriens tenaient mon chapeau, mon unique chapeau, un feutre gris à longs poils, que je portais l'hiver et l'été, les drôles, trempant des barbes de plumes d'oie dans une bouteille d'encre, avaient noirci la moitié de mon chapeau.

Je m'élançai furieux et je leur reprochais avec véhémence leur mauvaise action, lorsque l'un d'eux me répondit tranquillement:

— Eh bien! c'est exprès; comme vous n'avez pas d'autre chapeau, nous avons dessiné un crêpe sur celui-ci, pour que vous puissiez porter le deuil d'Albert Jacquin.

— Le deuil d'Albert Jacquin, m'écriai-je; vous voulez rire, sans doute?

— Il trouve ça risible, murmura un grand en se retournant dans son lit; il est bon le pion!

Troublé, éperdu, je me rendis à l'infirmerie malgré la défense qui m'avait été faite. L'infirmier me barra le passage. Je voulus le bousculer mais j'étais chétif, il me renversa d'un revers de main. Alors je le suppliai à genoux de me laisser entrer.

— A quoi bon, me dit-il, puisqu'il est mort?

Je suppliai encore; j'embrassai les genoux de ce domestique, il fut inexorable. Il me vint une idée, je n'avais pas d'argent, je lui donnai ma montre, une pauvre grosse montre en argent que j'avais acheté avec vingt-huit francs amassés en trois ans.

Il me laissa passer en disant:

— En voici un enragé!

Le petit Jacquin était seul à l'infirmerie. A la clarté douteuse d'un quinquet j'aperçus sa douce figure pâle et tranquille, ses yeux étaient ouverts; je n'avais jamais vu la mort! je me trompai à cette apparence sereine.

— Ah! m'écriai-je, les misérables sont bien

cruels et qu'ils m'ont fait de mal! Albert, mon cher enfant, comment te trouves-tu?

L'enfant ne répondait pas; je pris sa main, elle était froide; je compris la mort et je me mis à genoux.

— Pauvre cher petit ange! m'écriai-je, en embrassant la main glacée de l'enfant, que ne m'as-tu dit que tu mourais, je serais parti avec toi; Dieu m'aurait accepté si tu m'avais tenu par la main. Il sait si j'ai souffert, puisqu'il t'avait envoyé pour me consoler! mais voilà que tu pars tout seul, qui donc m'aimera maintenant! Et je me mis à pleurer amèrement.

Quelques instants après, l'infirmier me prit par le bras:

— Partez, me dit-il, voici le prêtre.

— Monsieur l'abbé, m'écriai-je en voyant l'aumônier, monsieur l'abbé, permettez-moi de rester, je vous en supplie.

— Je désire être seul, me répondit sèchement le prêtre.

— Monsieur l'abbé, par grâce, monsieur l'abbé, au nom de votre Dieu, au nom de votre mère, laissez-moi prier et pleurer sur ce pauvre petit que j'aimais.

— Retirez-vous, me dit plus sèchement encore le prêtre; retirez-vous; la prière n'est efficace que lorsqu'elle part d'un cœur pur.

L'infirmier m'avait poussé dehors; je m'en allai dans l'escalier, sombre comme un homme ivre. En arrivant au dortoir, vous ne me croirez pas, et cependant vous êtes tous des coquins capables de bien des choses, le mal est dans vos esprits, la méchanceté dans vos natures; eh! bien! non, vous ne me croirez pas! quand j'entrai au dortoir, les élèves, ces misérables gamins se mirent à rire.

Un nuage de sang passa devant mes yeux, je me redressai terrible:

— Le premier qui bouge, m'écriai-je, je le tue.

Il se fit un grand silence; je me jetai sur mon lit accablé de douleur. Le grand drôle qui se remuait éternellement à côté de moi murmura:

— Un seul ne lui suffit pas; il est bon!

Le lendemain au jour on vint me chercher de la part du principal.

— Monsieur, me dit-il, vous ne faites plus partie de la maison. Voici ce qui vous est dû; vos effets ont été descendus par mes ordres: vous allez partir sur le champ.

— Monsieur, lui dis-je, je ne tiens pas à rester, mais je veux accompagner mon pauvre petit Albert à sa dernière demeure.

— Non, me répondit le principal, je veux, j'exige que vous partiez sur l'heure, assez de scandale ainsi; croyez-moi, il vaut mieux pour vous et pour la mémoire du pauvre Jacquin que vous ne demeuriez pas ici un instant de plus.

Ce n'est que bien longtemps après que j'ai compris ces odieuses paroles.

Je partis emportant sous mon bras mon linge et quelques livres enveloppés dans un mouchoir à carreaux bleu. Arrivé aux portes de la ville, je m'assis au bord d'un fossé. Je ne pensais à rien, complétement absorbé par les événements qui s'étaient succédés avec tant de rapidité. Je ne sais combien de temps je serais resté là si quelques externes des faubourgs, qui se rendaient à l'enterrement, ne m'eussent jetés de la boue, des pierres en passant. Je me relevai le visage souillé et ensanglanté, et je continuai mon chemin.

Le vieillard essuya son front, prit une bouteille qui était devant lui et s'adressant à un élégant et beau jeune homme assis à sa droite il lui dit gaiement:

— Et maintenant, cher monsieur de Bertalis (1), me ferez-vous le plaisir d'accepter un verre de curaçao?

— Merci, répondit le jeune élégant, merci cher maître, je ne bois pas de ces choses-là.

— Maintenant, continua le petit vieux, ai-je besoin de vous dire mes privations et mes souf-

(1) L'auteur a pris un soin extrême à composer des noms afin de ne blesser aucune susceptibilité. Si pourtant le hasard faisait des siennes, il déclare d'avance qu'il a fait son possible pour éviter une amertume à autrui et qu'il est prêt à changer tout nom qui amènerait une réclamation fondée. J. N.

rances jusqu'au jour où j'ai compris que dans la vie a résignation est une lâcheté? Ce serait une assez nnuyeuse histoire. Sachez seulement qu'un jour a lumière se fit en mon cerveau. Jusque-là j'a-ais été un homme nul, sans vice et sans vertu; l aurait suffit de me pousser vers le bien, j'y urais été. Personne ne m'a poussé; j'ai été ail-eurs.

Après avoir regardé autour de moi, je n'ai u que des gens qui m'étaient inférieurs et qui rrivaient à posséder tout ce qu'on est habitué à onsidérer comme les bonheurs de la vie. Moi eul je ne possédais rien. J'étais laid et je m'ap-elai Gredin.

Je me mis en tête de vaincre ces deux obs-acles.

Cela fut long.

Ce que pendant trente ans j'ai fait pour ar-iver à mon but, est incommensurable. J'ai eu outes les lâchetés et toutes les audaces; j'ai été our à tour bas, vil, rampant, juste et injuste, rusé t naïf, grave et bonhomme, suivant les besoins le ma cause. J'ai débrouillé et embrouillé des ffaires qui eussent fait pâlir Jocrisse et M. de Talleyrand. J'ai mis des lunettes bleues pour acher la vivacité de mon regard. Je me suis ait dévot pour cacher la vivacité de mes passions. Enfin, que n'ai-je pas fait pour arriver à une si-uation honorable dans le monde!

Sans grand talent, presque sans savoir, je suis

arrivé à être proviseur du collége de la Ville-aux-Fayes. Dans cette position, où l'on a peine de quoi vivre, je me suis enrichi en vous volant vos parts de morue et de haricots. Cela m'a été d'autant plus facile que mes collaborateurs ont fermé les yeux facilement, les uns par intérêt, les autres par peur. Chaque homme a un côté vulnérable; ce côté je l'ai toujours trouvé sans peine.

Maintenant je n'ai plus rien à faire, rien à désirer: je m'ennuie et j'ai pensé à vous, chers fruits secs, mes bons amis; à vous, cancres et mauvais drôles, élèves méchants et vicieux qui — je puis vous le dire aujourd'hui — avez fait longtemps ma joie.

Je vous connais bien, je vous ai étudiés. J'ai retrouvé en vous tous mes vices, et je vous ai aimés. J'ai été flatté de voir qu'il fallait vingt-quatre hommes comme vous pour faire la monnaie d'un homme comme moi. Je vous ai réunis, tronçons vicieux que vous êtes, afin que vous devinssiez le serpent qui me vengera de ce que la société m'a fait souffrir. Plus vous vous épandrez par le monde en semant le mal sur les chemins, et plus ma vieillesse sera souriante. Je veux vous voir mordre avant de mourir.

— Est-ce tout ce que vous voulez faire pour nous, mon cher maître? demanda M. de Bertalis en souriant.

Le vieux Gredin regarda le gentleman qui venait de parler avec un sourire railleur qui fit ougir le jeune homme et le força de baisser les eux.

— A un autre qu'à toi, Bertalis, je répon-rais volontiers, mais il ne me convient pas de répondre, à toi. Tu es aussi coquin que les ıtres, c'est vrai, mais tu es certainement le moins rt. Ton habit propre te donne de l'audace, et es fier d'un nom assez gentil qui te vient je sais d'où ni toi non plus. Mais tu n'es pas on homme ; tu as été chassé des colléges d'Or-ans et de la Ville-aux-Fayes parce que tu ven-ais des dictionnaires qui n'étaient pas à toi : voilà s malices!

— Si vous m'avez invité pour me dire des oses désobligeantes, mon cher monsieur Gredin, us auriez pu vous abstenir, répondit Bertalis n peu confus.

— Il rougit! s'écria monsieur le proviseur éclatant de rire; puis, s'arrêtant soudain, il re-rit son air âpre. Fais-moi le plaisir, Bertalis, on cher ami, de céder ta place à ce cher auver-nat de Peyrelade que je vois là bas dans un coin qui a l'air d'un marchand de chaudrons. Viens i, Peyrelade mon ami. Il y a longtemps que nous nous sommes vus.

— C'est vrai, dit Peyrelade, depuis le jour où us m'avez flanqué à la porte.

Je me rappelle ça comme si c'était hier, mon rave ami, c'était aussi une affaire de dictionnaire. u avais mis le tien en loterie à deux sous le billet, tu fourrais les billets dans ta casquette et tu en faisais tirer un par le premier bambin venu. Ton nom était sur tous les billets et tu gagnais toujours. C'était ingénieux, au moins; je pense encore avec plaisir à cette plaisanterie. Je dus te chasser; j'espère que tu ne m'as pas gardé rancune: que veux-tu, il faut bien faire quelque chose pour la morale et les parents.

— Je ne vous en ai jamais voulu, papa Gredin, répondit Peyrelade en éclatant de rire: qu'est ce que cela pouvait me faire de mettre mon dictionnaire en loterie à la Ville-aux-Fayes ou ailleurs. Revenez à vos moutons; je suis un homme positif, moi, voyez-vous, et je vous avouerai franchement que je ne comprends pas du tout pourquoi vous nous avez raconté vos aventures et ce que vous voulez faire de nous. Si vous avez une bonne idée, dites-la, et qu'il n'en soit plus question.

— Ah! ah! tu vas vite, toi.

— Sans doute, le temps, c'est la monnaie, comme disent les Américains.

— Diable, à en juger par ton habit, tu dois avoir perdu beaucoup de temps.

— Des fadeurs, fit Peyrelade, vous n'espérez pas, je pense, me faire rougir comme M. de Bertalis.

— A la bonne heure! s'écria le petit vieux, voici un coquin comme je les aime.

Peyrelade haussa les épaules:

— Tenez, dit-il, voulez-vous que je vous dise un peu mon opinion sur vous ?

— Parle, mon ami ; parle.

— Eh bien ! payez l'addition et nous verrons après.

Tout le monde se mit à rire ; le vieux bonhomme demeura stupéfait.

— Soit, dit-il, et il régla le prix du festin.

— Laissez les cigares, dit Peyrelade.

Ce Peyrelade était un garçon de trente ans, aux yeux noirs et enfoncés. Sa peau basanée était illustrée de verrues ; ses cheveux noirs et longs tombaient plats et humides sur le collet crasseux de son habit boutonné.

De linge il n'en était pas question. Quand les garçons furent sortis, Peyrelade, qui s'était levé avec les autres convives, se rapprocha de M. Gredin.

— Tout à l'heure, dit-il, je vous ai laissé parler deux heures, et ces messieurs vous ont écouté avec la politesse que des gens bien élevés ont pour leur amphitryon ; si vous n'aviez pas été si pénétré de votre sujet vous auriez pu voir des sourires errer sur toutes les lèvres ; vous nous amusiez beaucoup avec vos doléances. Vous ne vous souveniez plus que nous les connaissons de longue date. Nous vous écoutions nous appeler *mes coquins* comme si nous avions encore dix ans, ou comme si vous étiez devenu un chef de bande ; vous étiez à la fois crapuleux et paternel comme un héros d'Eugène Sue, mon brave homme: tout ceci est usé; vous n'êtes plus dans le mouvement.

Ne m'interrompez pas, je vous prie, nous vous avons écouté en silence. D'ailleurs je vais vous dire ce que vous auriez dit vous-même, car vos intentions étaient faciles à pénétrer.

— Je vous défie, s'écria M. Gredin, de...

— Patientez un peu. Voici quel était votre but. Vous vous disiez: tous les colléges ont leur banquet annuel, je veux que celui de la Ville-aux-Fayes ait aussi le sien. Mais comme les élèves de ce collége ont presque tous pour votre personne le mépris qui lui est dû, vous avez fait cette réflexion: „Je vais choisir parmi les plus mauvais garnements et me faire une cour;“ ne pouvant devenir conseiller municipal ou adjoint au maire, vous avez voulu vous faire capitaine de brigands.

— Il y a un peu de ça.

— Je le sais, vous alliez nous dire: Formons une ligue offensive et défensive pour lutter contre la société: „Un pour tous, tous pour un“, voilà notre devise. Puisque les honnêtes s'associent, associons-nous aussi, nous serons bien plus redoutables. Alliez-vous nous dire cela, oui ou non?

— En effet, je confesse que c'était là ma pensée.

Peyrelade éclata de rire.

— Votre pensée, brave homme! s'écria-t-il;

pour qui nous prenez-vous? Comme tous les esprits inférieurs, vous labourez dans le champ d'autrui. Il vous sera tombé entre les mains un volume de Balzac: *l'Histoire des Treize*, et vous aurez dit: voilà mon affaire. N'est-ce pas que vous avez lu *l'Histoire des Treize*?

— J'en conviens, mais...

— Vous avez cru à ces machines-là? et vous vous êtes mis dans la tête de devenir un Ferragus. Vous n'êtes pas de force et nul d'entre nous n'est disposé à rien risquer pour les autres. Vous avez cru à la possibilité de cette association sans vous rendre compte qu'elle ne vivait que par le génie de l'auteur. Quand vous trouverez le moyen d'associer quatre hommes et de les unir à jamais, votre fortune sera faite, vous pourrez bouleverser le monde. Alexandre Dumas, qui ne doute de rien, a fait un roman dans lequel quatre compagnons soulèvent des montagnes; mais il a si bien compris que ce qu'il avait imaginé était impossible, qu'il a appelé ses quatre héros *les Trois Mousquetaires*. Faites donc une armée où chaque homme combattra pour lui et pour tous, vous ne trouverez personne pour faire la guerre. Qu'est-ce qu'une armée après tout, une société en commandite dont les soldats sont des actionnaires qui versent leur sang au profit d'un César ou d'un gérant couronné.

Les dividendes sont des croix ou des épaulettes; merci bien. Ce n'est pas vous qui vous ferez décorer, n'est-ce pas? Notre récompense, si nous étions assez sots pour suivre vos ténébreux conseils, serait Toulon ou Rochefort. Vous êtes bien bon pour nous.

Laissez-donc aux romanciers vidés ces rengaines qui amusent les abonnés du *Constitutionnel* ou les lecteurs de *l'Écho des feuilletons* et allez manger en paix les petites rentes que vous avez si mesquinement amassées. Rappelez-vous ceci, brave homme: l'être intelligent se laisse mener par les circonstances de la vie, il les voit naître et en profite. Vouloir les créer, les modifier ou les maîtriser, est l'œuvre d'un fou ou d'un sot.

— Chacun a sa manière de voir, s'écria M. Gredin, furieux de se voir roulé par son élève préféré, et fort humilié d'entendre les rires insolents des autres. Chacun a sa manière de voir; je vous le répète, je venais vous proposer une association productive, fructueuse. Vous la refusez, allez-vous faire pendre ailleurs.

— Imprécation ridicule! on ne pend plus, reprit Peyrelade; une association fructueuse! vous me faites bien rire. A la rigueur, on peut s'associer pour faire le bien, parce que la vanité soutient les chancelants, la charité vient en aide aux autres. La franc-maçonnerie deviendra une société de secours mutuels. Finissons en donc une bonne fois avec ce mot terrible et bête. L'association qui n'a pas de statuts qu'on puisse publier au grand jour ne saurait exister, à moins qu'elle ne soit composée que de trois hommes seulement. Prenez quatre individus, mettez-les sur une route: deux s'en iront par un chemin et deux par l'autre. S'ils sont trois, l'un voudra aller à droite, l'autre à gauche, le troisième les entraînera à marcher tout droit.

Trois, méditez ce nombre, c'est la logique, la raison. Trois, c'est tout le secret de la sagesse, de la justice humaine. Quatre juges ne condamneraient jamais personne et se battraient avant la fin de l'audience.

La fable de Saturne est parlante: il mangea ses enfants, mais il en resta trois qui furent les trois grands dieux.

Les Grecs avaient les trois Grâces, les trois Furies, les trois Parques; les Chrétiens ont la Trinité, les Indiens la *Trimourti;* le Golgotha eut trois croix: celle d'un pauvre diable, celle d'un voleur, celle d'un Dieu; une croix de plus, la société était mêlée.

— Et que concluez-vous, monsieur le discoureur? demanda M. Gredin en prenant la pose qu'un ministre doctrinaire affectionnait alors.

— Je conclus, papa Gredin, répondit effrontément Peyrelade, que nous sommes ici vingt-cinq; que nous allons former huit groupes de trois pour nous en aller. Or, trois fois huit faisant vingt-quatre, vous vous en irez tout seul.

La mine piteuse du pauvre proviseur Gredin,

loin de désarmer ses hôtes, ne faisait qu'exciter leur gaieté.

— Comment trouvez-vous cette conclusion, papa Gredin, lui demanda en éclatant de rire un grand garçon blond aux yeux ternes. Je ne sais si Peyrelade a conclu suivant les règles de la logique; mais sa conclusion ne laisse pas que d'être originale.

— Tais-toi, Marsicot, tais-toi, double drôle, tu as toujours été un vaurien, tu es ivre.

— Moi, par exemple.

— Tu ne te grisais pas au temps où, dans la cour, tes camarades, qui te méprisaient, te donnaient des sous pour te faire manger des mouches et des araignées.

— Et vous, papa Gredin, qui teniez absolument à être plus misérable que moi, vous confisquiez mes sous et vous les gardiez.

— Oh! fit le chœur.

— Silence! s'écria le vieux professeur.

— Oh! répéta le chœur avec des éclats de rire formidables.

— Silence! s'écria en trépignant le petit vieillard; silence! ou je vous mets tous en retenue.

Cette fois, les rires se changèrent en éclats insensés.

Les quolibets se mirent à pleuvoir sur ce vieillard, que la colère rendait horrible. Plus son exaspération augmentait, plus ses convives s'acharnaient contre lui. Après un quart d'heure de lutte, il tomba épuisé et anéanti sur un fauteuil.

La victime terrassée, laissait le champ de bataille sans intérêt. Les anciens élèves du proviseur Gredin se retirèrent peu à peu. Bertalis, Peyrelade et Marsicot restèrent les derniers.

— Tiens, fit en riant Albert de Bertalis, nous ne sommes plus que trois.

— Le nombre qui plaît aux dieux, comme dit Peyrelade.

— Oui, bon Marsicot, je dis cela.

— Eh bien, mais, puisque le hasard nous a comptés et réunis, il serait peut-être intelligent de seconder ses bonnes intentions pour nous.

— Tu crois au hasard, hein, Bertalis.

— J'y crois.

— Moi aussi.

— Moi pas, répondit Peyrelade; pourtant on pourrait en essayer. Ça n'engage à rien.

— Si, reprit Bertalis, ça engage: lorsqu'on marche vers le même but, il faut, pour y arriver, se tenir par la main ou se pousser les uns les autres.

— Merci, alors, j'aime autant marcher tout seul. A ton aise; bonsoir.

— Est-ce que nous allons laisser là le vieux Gredin? demanda Marsicot.

— Pourquoi pas; il est très-bien.

— Est-il malade?

— Non, un peu de contrariété et beaucoup de Champagne.

— Ça ne sera rien.

La porte s'ouvrit et une jeune femme entra comme une avalanche. Elle paraissait avoir vingt-cinq ou vingt-six ans. Un peu grosse, un peu commune; elle était vêtue, en femme de province, d'une robe de mousseline de laine et d'une écharpe de taffetas noir à la mode du temps. Une capote jaune paille encadrait ses cheveux bruns coiffés à l'anglaise. Malgré le ridicule de sa mise et le mauvais goût que révélaient ses manières, elle n'était pas sans charme. Ses yeux étaient vifs et ses dents blanches.

— Ophélia, firent en même temps les trois amis.

— Bertalis, Marsicot, Peyrelade! bon soir, répondit la fille de M. Gredin; je suis contente de vous rencontrer. Savez-vous qu'il y a longtemps que nous ne nous sommes vus? Embrassez-moi donc. Où est papa? Ah bon! Il est dans un bel état! c'est vous qui l'y avez mis? Oh! ne vous excusez pas: il s'y serait mis tout seul. Figurez-vous, reprit Mlle Ophélia, avant que les trois amis eussent pu placer un mot, figurez-vous que papa m'envoie au théâtre Français où l'on jouait une tragédie: quelle chance! ça n'arrive qu'à moi. Il me dit qu'il viendra me chercher: ah ouah! minuit passé, personne. Je savais qu'il avait dû dîner ici; je suis venue, me voilà. Je crève de faim.

— Garçon, cria Bertalis, une aile de poulet et une bouteille de Champagne.

Ophélia mangea l'une et avala l'autre avec une dextérité merveilleuse; ses yeux prirent un éclat plus vif et, dans un récit plein d'expansion, elle rappela aux trois amis bien des souvenirs de jeunesse.

M. Gredin était revenu à lui; il écoutait, avec stupéfaction, le récit de sa fille; et cet homme, tout ivre qu'il était, se prit à rougir.

— Allons-nous-en, dit-il.

— Je suis bien là, j'y reste, répondit Mlle Ophélia: tu es trop égoïste aussi.

Le vieillard sortit tout hébété.

A peine fut-il dehors que l'air frais de la nuit acheva de lui tourner la tête; il marchait en trébuchant contre les murs. Cependant il traversa la place du Carrousel, la rue du Doyenné et le quai. Sur le pont des Saints-Pères, il s'appuya sur le garde-fou et regarda l'eau couler.

— Si j'avais du cœur, murmura-t-il, je ferais le plongeon; mais je n'en ai pas.

Pendant plus d'une heure il regarda couler l'eau. Enfin il se décida à quitter le pont. Il partit d'un pas léger.

— Allons, allons, murmurait-il, la mort, la Trappe; je crois que je deviens bête. Décidément Peyrelade a raison: je ne suis plus dans le mouvement.

Comme nous ne parlerons plus de ce misérable vieillard, il est inutile de dire où il se réveilla le lendemain matin. Pour l'intelligence du drame que nous allons décrire, nous serons obligé de dire ce qu'étaient devenus, vingt ans après le banquet des Provençaux, époque où commence véritablement notre récit, les anciens élèves de M. Gredin, le proviseur du collége de la Ville-aux-Fayes.

---

## II

Depuis quelques années, Paris s'est agrandi d'une si formidable façon que Paris a fini par devenir une petite ville.

Il y a vingt ans, Paris n'était la plus grande cité du monde que parce qu'il renfermait en lui vingt cités différentes.

Le faubourg Saint-Germain était la ville des nobles; c'était de là que partaient les grands airs et les belles façons. On y boudait et l'on y dansait entre soi.

Les femmes y conservaient les traditions du luxe et de la distinction; les hommes étaient des seigneurs, les chevaux y étaient gris pommelés, et les domestiques eux-mêmes avaient une manière à eux d'être insolents sans être grossiers.

Les Champs-Élysées étaient la ville des étrangers, des ambassadeurs et des marchands de chevaux. Le beau monde y passait pendant deux heures, et, la nuit venue, il se faisait un grand silence que la pratique de M. Polichinelle ne troublait que pendant l'été.

On assassinait tout auprès du cirque Dejean, et il aurait fallu un cœur fortement trempé et exempt de préjugés à celui qui aurait eu l'idée bizarre de s'aventurer dans l'endroit que le caprice d'un prince a décoré d'un palais pompéien.

Plus loin, par devers la rue Marbeuf, existait un village, un vrai village nommé Chaillot. M. de Girardin fut le premier chrétien célèbre qui eut l'idée d'habiter ce lieu désert. On y envoya tant de monde pour le désennuyer que la campagne devint une ville.

Non loin de là on voyait le faubourg Saint-Honoré qui tenait du faubourg Saint-Germain par la noblesse et de la Chaussée-d'Antin par l'argent. C'était une ville gaie et élégante; on y dansait, on y jouait la comédie; l'on n'y dédaignait pas les beaux esprits, et le nom de Louis-Philippe n'y causait aucune indignation.

A deux pas s'élevait une ville pittoresque et misérable, la *Petite Pologne*, peuplée de chiffonniers et de vagabonds..., mendiants sinistres, vautours déguenillés qui semblaient guetter l'heure propice pour s'abattre sur les splendides demeures de leurs éblouissants voisins ou sur le toit modeste des paisibles rentiers des Batignolles.

Puis c'était la nouvelle Athènes, le pays de

l'art, des courtisanes et des rapins, peuple nouveau qui se prenait au sérieux. Heureux temps, après tout, où l'on croyait encore à l'art, où les rapins croyaient à la gloire et où les courtisanes n'étaient éloignées de croire à l'amour.

Puis le pays des Martyrs, le peuple et ses douleurs, l'ouvrier avec ses vanités et sa faim.

En marchant vers l'Est on arrivait au boulevard du Temple: c'était la ville du crime avec ses traîtres, ses pîtres et ses marchands de chaussons aux pommes.

La ville du Marais, peuplée de bourgeois, que Paul de Kock et Balzac ont immortalisés.

Et le Temple, la ville des guenilles!

Et le quartier latin avec ses grisettes, ses chansons et sa jeunesse!

Et le Palais-Royal avec ses souvenirs de débauche et son canon, ville morte, aujourd'hui que sa roulette a émigré comme une grande dame.

Puis c'était la ville des villes, la vraie capitale du monde civilisé, le boulevard des Italiens! Ville étrange où tout sourit, depuis le mendiant qui demande un sou en faisant un mot jusqu'au dandy qui le refuse en cherchant un mot qui ne vient pas; viveurs bohêmes, provinciaux péruviens, repus et affamés, gens de tout et gens de rien, filles de peu et femmes de beaucoup. Tout ce monde panaché composait, en mettant le pied sur ce bitume impur, une physionomie pleine d'insouciance et de gaieté.

Tout le monde semblait heureux, tout le monde y possédait la grâce, tout le monde y avait de l'esprit, si bien que Balzac, le grand Balzac avait dit:

„Si l'empereur de Russie achetait la *Bohême* moyennant une vingtaine de millions, en admettant qu'elle voulût quitter l'asphalte des boulevards, et qu'il la déportât à Odessa, dans un an Odessa serait Paris.“

L'empereur de Russie a-t-il suivi les conseils du grand romancier? Je ne sais; mais ce qui est certain, c'est que le boulevard n'est plus le boulevard; que Paris n'est plus Paris: ses cent villes ont disparu.

Plus de grands airs et plus de grands seigneurs: la folie a remplacé le luxe; tous les chevaux sont bais bruns; les courtisanes sont vêtues comme les grandes dames parce que les grandes dames s'habillent comme des courtisanes; tous les domestiques sont des laquais. On ne reconnaît plus les bourgeois des Batignolles ni ceux du Marais. Le Temple est une halle, la halle est un Temple. Le boulevard des Italiens a disparu parmi mille boulevards. Paris n'est plus la ville aux cent villes, comme Thèbes était la ville aux cent portes. Paris n'est plus qu'une rue, une seule et unique rue, la rue de l'Ennui prolongée.

Ce qu'il y a de plus horrible, c'est que cette rue unique, dans dix ans, n'aura qu'une maison, cette affreuse et superbe maison de pierre couverte en ardoise où le cinquième a un balcon en fonte, garni de fleurs comme les jardins de Babylone et le sixième de zinc, comme les prisons de Venise.

Maison bourgeoise, aux bourgeoises sculptures, belle maison, maison de rapport, maison qui naît à chaque pas, maison qui du soir au matin pousse sur du terrain à 2,000 francs le mètre comme les champignons poussent sur du fumier; maison qui s'étale sans vergogne sur les souvenirs des vieux habitants du vieux Paris.

Maison uniforme et impudente, je te maudis et te maudirai jusqu'au jour où je deviendrai propriétaire.

Mon antipathie pour les maisons neuves et aussi les fatalités de l'histoire me décident à conduire le lecteur dans une modeste maison, la charmante demeure du célèbre compositeur Anderstein.

L'habitation de l'auteur des *Baisers volés*, de la *Guerre des Paysans*, de *Jean de Gand* et de dix autres chefs-d'œuvre était située rue de la Pépinière.

Ce logis n'était pas un hôtel et encore moins une maison, c'était un nid de briques rouges. perdu dans un bouquet d'arbres.

L'artiste avait un jour découvert ce petit bois, dernier vestige du caprice d'un financier dont la *folie* avait été morcelée par la bande noire. Sans rien dire à sa femme, il acheta ce coin retiré.

Un architecte de ses amis lui construisit un *cottage* en plein Paris.

Cinq ans il garda son secret. Les entrepreneurs lui avaient fait un crédit de trois années; il les payait tous les trimestres. Il fallut meubler le nid, cela dura deux ans; les tapissiers ne donnent pas la mousse pour rien. Anderstein était d'ailleurs fort difficile dans le choix de son mobilier.

Il s'était dit: je tendrai mon cabinet en étoffe brune unie, ce sera sévère et convenable; une table en ébène, deux fauteuils et quatre chaises aussi en ébène, et ce sera tout; mes tableaux, mes gravures feront le reste.

L'homme propose: un jour en pasant rue St-Nicolas-d'Antin, il tomba en arrêt devant la boutique d'un marchand de bric à brac. Ses yeux s'étaient arrêtés sur un vieux bahut renaissance. Il entra en demander le prix.

— Trois cents francs, lui dit le marchand, c'est un meuble allemand et *il est du temps*.

— C'est cher, répondit Anderstein. J'en donne deux cents francs.

Le marchand refusa.

Anderstein s'en alla tout chagrin; la nuit il rêva du vieux bahut.

Le lendemain, il alla le voir à travers la vitrine comme un amoureux va regarder une fille de boutique.

Le marchand n'était plus là, c'était sa femme

qui gardait le magasin. Anderstein entra pour voir de plus l'objet de sa convoitise.

— Vous permettez? dit-il, en saluant la marchande.

— Comment donc? fit celle-ci; la marchandise est là pour qu'on la regarde, ne vous gênez pas, monsieur. C'est une belle pièce fabriquée dans les Flandres. Le monsieur qui nous l'a vendue, disait que ce bahut-là, tel que vous le voyez, avait été offert à l'empereur Charles-Quint par les bourgeois de Gand. Il y a là une inscription gothique qui le prouve, mais personne n'a pu la lire. Le monsieur qui nous l'a vendu en voulait mille francs. — Ah ça, que je lui dis, il y a donc de l'argent caché dans les tiroirs? — Nous avons cependant fini par nous arranger, c'était un monsieur très comme il faut, très-bien, mais faut croire qu'il était gêné.

— Ce meuble n'est pas flamand, et cette inscription est des plus simples, elle signifie que ce meuble a été sculpté par Jean Muller de Friedberg, en 1570, c'est-à-dire douze ans après la mort de Charles-Quint.

— Monsieur, nous avons beaucoup de personnes qui ne sont pas encore fixées là-dessus.

— Ah! fit Anderstein, je n'avais pas besoin de lire l'inscription, *il* m'a déjà chanté tous les vieux airs de la vieille Allemagne. Voyons, dites-moi, votre dernier prix?

— Monsieur, parce que c'est vous et qu'il

vous a chanté des airs de votre patrie, je vous le laisserai de quatre cents francs.

— Hier, votre mari m'a dit trois cents.

— Il a eu tort, mais, enfin, puisqu'il l'a dit je ne suis pas là pour le contredire ; mais pour sûr, à ce prix-là, nous n'y gagnerons rien.

Anderstein se fit envoyer le bahut.

C'était cher, mais le brave artiste qui travaillait nuit et jour pour sa femme et pour sa fille et aussi pour la gloire, le brave artiste se disait qu'après tout il avait bien le droit de satisfaire un caprice de quinze louis.

Le pauvre grand homme ne savait pas que les caprices sont toujours ruineux.

En réalité, ce bahut lui coûta quarante mille francs, et sans le succès étonnant qu'obtint son opéra comique, *la Transtévérine,* il eût peut-être été ruiné au point de ne jamais se relever.

Quand le bahut fut passé dans son cabinet, il s'aperçut que le reps brun était bien trop neuf et qu'il jurait étrangement. Il se mit en quête de vieilles tapisseries qui lui coûtèrent les yeux de la tête parce qu'il les voulait tout de suite.

Les tapisseries posées, il se prit à penser que sa pendule en cuivre doré représentant une certaine Polymnie, muse de la musique, tenant une lyre en main, serait tout à fait grotesque. Il la remplaça par une Polymnie antique en bronze florentin.

Des candélabres en plaque, il n'en fallait plus

parler; il mit à leur place des torchères en fer forgé qui conservaient encore quelques traces d'un damasquinage d'or.

Toutes ces choses étaient fort belles; mais elles avaient deux inconvénients: elles étaient fort chères et elles n'indiquaient pas du tout l'heure.

Il fallait songer à une pendule; après de mûres réflexions, Anderstein se rappela qu'il avait un ami antiquaire distingué, lequel était capelmester à Darmstad; il lui écrivit de lui expédier le plus tôt possible une horloge ancienne, semblable à celle qu'il avait vue chez lui dans la salle à manger.

L'antiquaire envoya sa propre horloge, très-heureux, disait-il, d'être agréable à l'un des plus grands génies du temps.

Anderstein fut très-attendri en lisant la lettre de son vieil ami et, comme il n'aimait pas à être en reste avec les autres, il lui envoya sa propre basse, instrument de Crémone inestimable, attribuée à Guarnerius.

Les meubles anciens furent longs et difficiles à trouver; enfin un tapis de Venise compléta l'harmonie de l'ameublement du maître.

Comme Anderstein adorait sa femme, il pensa qu'il ne pouvait pas lui donner un salon vulgaire, tandis que lui s'était meublé un cabinet aussi splendide.

Les quarante mille francs y passèrent sans compter quelques émaux, des porcelaines en vieux Saxe et une infinité de bibelots choisis avec goût.

Enfin le nid s'acheva et un dimanche le grand artiste manifesta à sa femme le désir de faire une petite promenade après le déjeuner.

Madame Anderstein était un jeune Française. fille d'un petit rentier grand amateur de musique; elle était vive, jolie, aimable, bonne et honnête. Elle adorait son mari qu'elle trouvait le plus doux des maris et le plus grand homme du monde.

Les ménages sont heureux quand la femme est fière de donner le bras à son mari.

Anderstein avait quarante ans quand sa femme lui donna une fille. L'artiste se passionna pour la petite créature qu'il n'osait plus espérer. Il l'appelait le dernier sourire de sa jeunesse, et, lorsqu'il la regardait longtemps en souriant, il se prenait à avoir envie de pleurer, tant il était heureux.

L'enfant était déjà une demoiselle, lorsque l'artiste proposa une promenade à sa femme.

En chemin, Anderstein dit à l'enfant:

— Marguerite, si tu es sage, je vais te faire voir un très-beau jardin.

— Quel jardin? demanda madame Anderstein.

— Celui d'un ami?

— Quel ami?

— Mon meilleur ami.

— Je ne le connais pas?

— Tu le connais; il t'adore, dit le compositeur en souriant avec le charme doux que possèdent les grands artistes ou les Allemands qui ont de l'esprit.

— Dis-moi son nom?

— Quand nous aurons visité sa maison; c'est ici justement.

La maison était déserte; madame Anderstein et la petite Marguerite s'en étonnèrent.

— Mon ami est dans sa famille, dit Anderstein.

— Que c'est beau, que c'est gentil! s'écriait à chaque instant la femme du compositeur. Quel délicieux petit bois! — Cette salle à manger est très-confortable; — la belle cuisine! — De l'eau partout! — Dieu, la jolie chambre! — Mais tout cela est neuf!

— Non, dit Anderstein en ouvrant la porte de son cabinet.

Bien que bourgeoise, Mme Anderstein poussa un cri d'admiration.

— Oh! mon ami, s'écria-t-elle, ferais-tu d'assez belles choses, si tu avais un cabinet comme celui-ci?

— Serais-tu assez belle dans un salon comme celui-là?

Il se fit un silence. L'auteur de la *Transteverine* ouvrit une porte, et sa femme put voir une délicieuse petite chambre toute tendue de cachemire blanc, rehaussée par des passementeries d'un bleu tendre.

— Mais c'est la chambre d'un ange, s'écria Mme Anderstein.

— Oui, reprit l'artiste d'un ton grave et attendri, oui, c'est la chambre d'un ange, tu l'as dit. C'est là, désormais, que dormira notre chère Marguerite. Ce salon est le tien, ce cabinet est à moi, cette maison est à nous. Voici cinq ans que je te préparais cette surprise pour ton jour de naissance. N'est-ce pas le jour où tu es née que Dieu s'est occupé de mon bonheur? Te rendre heureuse, n'est-ce pas le remercier?

Ces trois êtres, qui s'aimaient tant, s'embrassèrent le cœur plein d'émotion; ils riaient, ils pleuraient!

Enfin, comme la nuit venait, ils rentrèrent dans leur vieux logis.

La femme ne dormit pas, tant elle était heureuse; le mari ne dormit pas, tant il était content de voir le bonheur de sa femme L'enfant dormit-elle? Les enfants dorment toujours!

Le lendemain Mme Anderstein demanda à son mari:

— Est-ce que tu tiens beaucoup à ton piano?

— Oui, je ne le donnerais pas pour tout au monde.

— Alors où le mettras-tu? Ton piano en acajou sera affreux dans ton cabinet.

— C'est vrai, répondit le maestro; je n'avais pas songé à cela, et il devint songeur, tant il est vrai que l'homme n'est jamais heureux pendant deux heures sur terre.

Non, l'homme ne peut pas être heureux pendant deux jours. Ce ne serait peut-être pas un grand mal; le bonheur est comme toutes les choses de ce monde; il n'en faut pas trop prendre; le bonheur ne se digère pas plus facilement que l'infortune, et l'on est lugubrement triste lorsqu'on le digère.

Mais ce qui est navrant, c'est que le rêve de bonheur longtemps caressé devient toujours, lorsqu'il se réalise, une cause de ruine et de douleur.

Avant d'avoir rêvé sa maison, Anderstein était un homme véritablement heureux. Il était devenu, lui qui avait été petit chantre à l'église de Friedberg, un des premiers compositeurs de son temps; plus encore, il avait eu la faveur rare de devenir un compositeur français.

La douceur de son caractère, son esprit fin et inoffensif, avaient fait oublier qu'il était né au delà du Rhin. Son amour-propre national avait peut-être souffert de cette adoption parisienne, mais sa vanité en avait été singulièrement flattée.

Les Allemands disent avec orgueil: „Meyerbeer était Allemand.“

Les Italiens s'enorgueillissent d'être les compatriotes de Rossini; mais pour le monde entier Rossini et Meyerbeer sont des compositeurs français; c'est le public parisien qui, le premier, leur a essayé la couronne de l'imortalité. Chez eux, ils eussent été des grands hommes; chez nous ils sont devenus des dieux.

Rossini mourra à Paris pour protester contre sa naissance, et Meyerbeer, en mourant, a dû avoir envie de paraphraser le testament d'un autre grand musicien, le symphoniste du canon, et d'écrire: „Je désire que mon corps repose au milieu du peuple français qui m'a tant aimé.“ Anderstein était arrivé à Paris le cœur rempli d'espoir, et le bonheur avait été le chercher à la barrière.

Pendant les premiers temps, il donna quelques leçons, joua de l'orgue, et comme il était sobre et sage, il ne connut jamais les souffrances de la pauvreté.

La mère d'une de ses élèves le recommanda à Scribe. Scribe, dont on a dit tant de mal, était un esprit bon et accessible; il causa avec le musicien. Sa modestie lui plut, son talent le charma et il lui confia le livret d'un opéra comique en un acte.

Anderstein travailla, fit, refit, et en somme eut un succès; non un de ces succès retentissants qui rapportent peu d'argent et beaucoup d'ennemis; non, un succès tranquille, mérité, qui le mit en haute estime parmi les gens de mérite et ne causa pas une trop grande jalousie dans le camp des fruits secs.

A partir de ce jour, toutes les portes s'ouvrirent devant lui, il n'eut plus qu'à entrer. Il eut encore la chance d'entrer sans déranger personne, en homme bien élevé.

Sa longue figure pâle et douce faisait bien dans les salons, où sa distinction native et son aménité lui gagnèrent tous les cœurs.

A vingt-huit ans il avait été joué quatre fois et avec un plus grand succès, voici pour la gloire.

Les éditeurs s'arrachaient ses partitions, voici pour l'argent.

Une cantatrice belle et d'un grand mérite avait, pour lui, renoncé à la position la plus brillante, voilà pour le cœur.

Cette adorable maîtresse que tout Paris lui envia allait lui faire beaucoup d'ennemis dans un monde où l'on ne pardonne aucun succès, lorsqu'après deux ans elle songea à reprendre la brillante situation qu'elle avait quittée pour le jeune maestro.

Or, il arriva que des gens qui avaient blâmé Anderstein, qui n'avait pas de fortune, de mettre un bâton dans les roues de la destinée de la cantatrice, il arriva que ces gens furent les premiers à blâmer la grande artiste qui gagnait énormément d'argent et qui, par une cupidité impardonnable, mettait le désespoir dans l'âme d'un artiste.

„Si la douleur ne le tue pas, disaient-ils, elle paralysera cette grande organisation: c'est un génie brisé.“

Anderstein avait supporté ce coup toujours

dur avec un calme que sa nature nerveuse n'aurait pas fait supposer.

Il était plus pâle qu'à l'ordinaire, voilà tout. Si quelqu'un s'avisait, pour le consoler, de dire du mal de la *diva*, il répondait :

— Elle était libre, je n'ai rien à lui reprocher. Elle m'a quitté et ne m'a point trompé ; je garde pour elle un ineffable souvenir et je me tiens pour reconnaissant envers elle. La femme qui nous a aimé une heure, ne nous a-t-elle pas donné tout ce qu'elle pouvait nous donner, elle ! Quelques sacrifices que nous ayons faits, quelques douleurs que nous ayons éprouvées, nous ne pouvons être quittes envers elle.

Les femmes avaient su cette réponse ; les femmes savent tout et plus d'une, même des plus belles et des mieux titrées avaient tenu compte au jeune maestro de cet hommage rendu par lui à toutes les femmes, dans la personne d'une coquine au *ré* aigu.

Anderstein s'était fatigué de ces bonnes fortunes parce que la gloire, la soif de la renommée parlaient plus haut à son cœur que les prêtresses de l'amour.

Il s'isola deux ans et produisit ses deux chefs-d'œuvres. *Les baisers Volés* et *Jean de Gand :* un opéra et un opéra-comique ; la farce et la grâce.

Ces deux ans lui refirent une virginité plus sereine que celle de Marion Delorme, et à un âge où ordinairement on se marie pour se reposer, il se maria, lui, parce qu'il avait besoin de fatigue : il était harassé de repos.

Et voyez le bonheur ! Un soir qu'il cherchait l'un de ses amis, l'éminent critique Étienne Raffet, à l'Opéra-Comique, il aperçut cet ami en train de causer devant une loge avec une charmante et gracieuse petite personne, au sourire gai, aux dents éblouissantes, au petit geste aimable, aux yeux honnêtes.

Par discrétion, Anderstein se tenait à l'écart, mais pas assez pour ne pas entendre la conversation.

— Vous savez, disait Étienne Raffet, que je veux aller à votre noce. Voyons, quand vous mariez-vous ? Si vous ne vous mariez pas bien vite, je ne vous donnerai plus de loges. Vous entendez.

— Hélas ! fit la jeune fille en affectant un chagrin comique, je ne demanderais pas mieux que de me marier pour aller tous les soirs au théâtre. Mais il paraît que je suis très-difficile à marier.

— Ne l'écoutez pas, cria du fond de la loge un bon bourgeois à la figure avenante, on me la demande tous les jours, mais mademoiselle fait la renchérie.

— Qui voulez-vous donc épouser, petite coquette ? demanda Raffet en souriant, un beau prince avec un cordon bleu, un grand soldat avec son casque ou un banquier encore plus que les reines de Musset.

— Non, répondit la jeune fille, je voudrais épouser un homme qui fasse de la belle musique comme celle que je viens d'entendre.

— Votre vie deviendrait un bien long concert.

— Qu'importe.

Raffet aperçut Anderstein et courut à lui.

— Ma foi! mon cher, lui dit-il en riant, si tu t'étais approché, tu aurais bu du lait. Jamais plus joli compliment n'a frappé ton oreille de Chouflit comme on disait au loto de ton ancienne maîtresse Olivia.

— Comment s'appelle cette jeune fille à qui tu parlais? demanda Anderstein.

— Marguerite Panavier.

— Qu'est-ce que son père?

— Un ancien commerçant.

— Honnête?

— Il est resté trente ans dans les affaires, et il a huit ou dix mille francs de rentes.

— Présente-moi.

En disant cela Anderstein avait frappé à la porte de la loge qui s'ouvrit.

— Mon cher monsieur Panavier, dit Raffet, j'ai l'honneur de vous présenter mon ami Anderstein.

— Monsieur, répondit monsieur Panavier, j'ai bien l'honneur de vous saluer: les amis de monsieur Étienne Raffet sont... certainement... croyez que... donnez-vous donc la peine de vous asseoir.

Anderstein prit un fauteuil, salua mademoiselle Panavier et s'assit.

— Monsieur, dit-il d'un ton grave, je m'appelle Joseph Anderstein, je suis le fils d'un pauvre musicien qui est mort en laissant une réputation de brave artiste et d'honnête homme dans la Hesse où tout le monde est artiste et honnête. J'ai trente-six ans, j'ai un peu de talent et un peu d'argent, j'ai l'honneur de vous demander la main de votre fille, Mlle Marguerite, je dévouerai ma vie à son bonheur.

M. Panavier devint très-rouge, Mlle Marguerite devint très-pâle.

M. Panavier fit un effort et répondit :

— Monsieur, je suis un bonhomme tout simple, moi; je ne vous dirai pas que je vous remercie de l'honneur que vous me faites; je ne sais pas faire de phrases, moi, je suis tout rond; j'adore ma fille et je fais bien, car jamais enfant ne fut plus douce et plus aimable; c'est une sainte, ce petit diable-là. Elle m'aime bien aussi, allez, elle en sait plus long que moi, n'est-ce pas, monsieur Raffet? Aussi je veux la laisser se marier à sa guise. Si M. Raffet, qui est un vieil ami dont j'ai connu la mère, m'affirme que vous êtes un galant homme, je vous permets de vous adresser à Marguerite elle-même, pour lui demander sa main.

ii elle dit oui, tant mieux; si elle dit non, tant iis: ce qu'elle fera sera bien fait.

— Je voudrais, dit Étienne Raffet, qu'Andertein fût mon frère; je ne connais pas de cœur lus digne que le sien, de main plus loyale et ıeilleure à serrer que la sienne.

— Alors c'est très-bien, monsieur Anderstein, t le bon Panavier: tâchez de toucher ce petit œur de bronze.

Anderstein était dans une position difficile: ouver dans certaines circonstances une phrase ıi ne soit pas stupide ou ridicule est une bonne ırtune rare. La jeune fille vint à son secours.

— Quand on vient d'entendre votre musique, onsieur, lui dit-elle avec un doux sourire, il est en difficile d'entendre autre chose: je serais oublée pour vous répondre; d'ailleurs voici le cond acte qui commence, vous me raconterez ut cela quand vous nous ferez la grâce de venir ec le bon Raffet prendre le thé à la maison.

— Mais ma parole d'honneur, s'écria Étienne riant, cette demoiselle est un vrai garçon.

— Non, répondit Marguerite, cette demoiselle t une petite fille qui n'a plus de mère depuis ıgtemps.

Le lendemain Anderstein, que Raffet devait ıener, entraîna Raffet chez M. Panavier.

Là, comme ailleurs, le bonheur du composiır fit des siennes. Le père Panavier qui, en qualité de vieux commerçant, aurait dû détester les artistes, — les bonnes traditions sont immortelles, — le père Panavier adorait la musique et les musiciens.

— Je ne suis pas connaisseur, disait-il, mais, voyez-vous, quand j'entends le *Barbier* j'ai vingt ans de moins; et quand j'écoute la bénédiction du poignard, j'ai envie de tuer un tas de protestants. Si je vous disais que cette petite diablesse de Marguerite a fini par me faire aller à la messe le dimanche, à force de me routiner toute la semaine la prière de Moïse. Oui, à la messe, moi qui suis né d'un vieux sang régicide et qui ne ficherais pas quatre sous au dernier de nos rois.

Recevoir chez lui l'auteur de la *Transteverine* fut une véritable joie pour le bon commerçant. Sa joie se changea en transports bruyants lorsque, dans un des hasards de la conversation, Anderstein parla du plaisir qu'il éprouvait en jouant aux échecs.

— Nous ferons notre partie, maître, nous ferons notre partie; je sais que les Allemands sont très-forts, mais je ne suis pas une ganache. A bord, je gagnais tout le monde, même le capitaine. C'était le temps des vaisseaux à voile, j'allais à New-York tous les ans acheter des cuirs. Quarante jours pour aller, autant pour revenir; nous jouions aux échecs du soir au matin. Maintenant il y a la vapeur, le progrès. On va à New-York en huit jours: on n'aurait même plus le temps de finir sa partie; c'est du propre.

Anderstein revint tous les soirs tout un hiver. hose étrange et charmante à la fois, on jouait ux échecs. On causait, Marguerite faisait des etits ouvrages de femmes; mais il était deux hoses dont on ne parlait jamais, l'amour et la usique.

Marguerite, quoique bourgeoise, avait un tact xquis. Elle avait fait entendre à son père qu'il rait de mauvais goût de parler musique avec . Anderstein, parce qu'on ne pourrait le faire ins blesser sa modestie ou sans courir le danger e blesser ses convictions si l'on venait à louer e qu'il ne trouvait pas supérieur ou à blâmer ce i'il aimait.

— Quand je me suis marié avec ta mère, sait M. Panavier, ton grand-père était tanneur, ous parlions de cuirs tout le temps.

— La tannerie et la musique, ce n'est pas du ut la même chose.

— C'est vrai, répondait le bonhomme, mais us les métiers ont leurs fastes!

D'amour, pourquoi en aurait-on parlé?

Les gens qui parlent d'amour sont ceux qui s'aiment pas.

Quand on s'aime, ou le sent bien, on n'a pas soin de le dire.

Puis il est des êtres qui se sont toujours ai-és. Un jour la destinée rapproche ces cœurs i se cherchaient: que se diraient-ils, ces cœurs, s'ils pouvaient parler? — Il me semble que je vous ai vu quelque part? ce serait trop bête.

Souvent le maestro s'en allait en se disant qu'il faudrait finir par dire à Marguerite qu'il l'aimait et il se répondait qu'elle le savait bien.

C'était la jeune fille qui devait ouvrir le feu. Un soir que le bon monsieur Panavier s'était endormi en cherchant le mat, le fameux mat du capitaine Evans, mat du reste impossible à trouver parce qu'en Angleterre tous les capitaines s'appellent Evans. Jouant tous aux échecs, ils ont tous ou chacun trouvé un mat. Parmi tant de mats il en est un qui est resté célèbre, mais personne ne sait lequel. Voici pourquoi M. Panavier cherchait inutilement ce mat depuis vingt ans et qu'il s'endormait chaque fois qu'il le cherchait.

Marguerite faisait de la tapisserie qu'elle n'avait certes pas envie de défaire pendant la nuit. Anderstein la regardait et se disait tout bas:

— Certes, il n'est pas de femme au monde capable d'être plus gracieuse qu'*elle* en tirant une aiguillée de laine. Elle est ravissante et elle n'y prend pas garde.

Tout à coup Marguerite leva la tête et lui dit:

— Comment m'avez-vous aimée?

— De toute mon âme, dit l'artiste.

— Non, ce n'est pas ça, vous ne m'entendez pas, comment cela est-il venu?

— Je ne sais.

— Moi, dit-elle, je sais comment je vous ai aimé.

— Vous, c'est tout simple, j'ai demandé votre main à votre père.

— Vous étiez avec Raffet qui fait toujours des folies; j'ai cru que c'était une plaisanterie.

— Quoi! vous avez pu croire?

— Oui.

— C'est mal.

— Que voulez-vous, je dis ce qui est. Mais en rentrant, je me suis couchée, je n'ai pas dormi de toute la nuit; j'ai bien vu que vous m'aimiez.

Anderstein ne répondit pas.

Il partit, et, tout le long du chemin, il se promit que le lendemain il parlerait, qu'il dirait à cette charmante fille combien son cœur était plein d'elle.

Le lendemain, monsieur Panavier se mit à chercher le fameux mat du fameux capitaine Evans et il s'endormit comme à l'ordinaire.

Anderstein s'approcha de la fiancée et lui prit la main. Longtemps il garda et pressa cette jolie petite main qui lui rendait pression pour pression; mais aucun mot ne s'échappa de sa bouche et à minuit il partit comme il partait tous les soirs.

— Adieu, Marguerite.

— Adieu, Joseph.

— A demain, chère Marguerite.

— A demain.

En s'en allant, il se gourmandait de la belle façon.

— Quoi! disait-il, je ne trouverai pas un mot à dire à cette douce enfant que j'adore. Pourquoi cet embarras, ce trouble extrême? C'est absurde: je veux parler, il ne me vient pas un mot à l'idée. Ai-je désappris d'aimer? Si cela était, je n'aimerais pas. N'ai-je donc rien à lui dire? Mais quand je suis seul, je trouve que j'aurais dû lui dire tant de choses que, si j'avais commencé, il m'aurait fallu huit jours pour achever. Est-ce de la timidité, est-ce que je ne saurais pas parler? Mais autrefois je passais des nuits à verser des flots de tendresse sur les cheveux noirs de cette chanteuse qui était une courtisane, et des flots de galanterie sur les cheveux blonds de cette courtisane qui était une marquise.

Est-ce que dans la route du plaisir, que j'ai si bêtement suivie, j'ai eu une hésitation d'une minute, d'une seconde, pour semer dans le chemin les paroles d'amour que mon cœur ne pensait pas?

Avec elle, rien, rien ne vient, je tords ma pensée pour en faire sortir un mot, qui ne soit ni un compliment ni une platitude, je ne trouve rien, rien qu'une éternelle banalité: je vous aime, je vous aime, je vous aime; et encore je n'ose pas la lui dire, je me tais et elle me comprend, ce qui prouve qu'elle est bien supérieure aux autres femmes.

L'hiver passa ainsi.

Au printemps M. Panavier avait pour coutume

d'aller habiter une petite maison qu'il possédait dans la vallée de Brunoy.

Le trente avril il dit à *ses* enfants :

— Demain, nous partirons pour la Panavière.

— La Panavière ? qu'est-ce que c'est que cela ?

— Ma campagne, répondit avec orgueil l'ancien marchand de cuirs.

— Une petite maisonnette que grand'père avait fait bâtir sur le bord de l'eau, dit Marguerite, c'est bien petit ; c'est bien simple, mais nous nous plaisions là autrefois, et elle jeta un tendre regard au compositeur.

— Où nous nous plaisions et où nous nous plairons encore, ajouta M. Panavier : on n'a aucune raison de ne plus se plaire dans un endroit où l'on se plut, n'est-ce pas, Anderstein ?

Le bonhomme prit son échiquier, le musicien s'approcha de sa fiancée.

— J'ai bien du chagrin, dit Marguerite.

— De quoi ?

— De partir.

— Pourquoi ?

— Je vous verrai bien moins.

— C'est vrai, fit Anderstein en pâlissant légèrement. Je n'avais pas songé à cela.

— Vous ne songez à rien, dit la jeune fille en souriant. C'est très-mal.

— Mais ça ne peut pas être, vous ne partirez pas, c'est impossible.

— Cette petite campagne est la joie de mon père ; d'ailleurs vous viendrez nous voir.

Anderstein avait un grand chagrin dans le cœur ; il partit désolé. En sortant de la maison Panavier il se mit à courir jusqu'au cercle des Galoubets.

— M. Raffet est-il encore là, demanda-t-il a un domestique en livrée qui n'avait pas eu la patience d'attendre le mois de mai.

— M. Raffet vient de monter.

— Allez lui dire de descendre me parler.

— Qu'y a-t-il donc ? demanda Raffet en arrivant tout essoufflé.

— Elle part, cria Anderstein.

— Qui ?

— Elle, Marguerite.

— Où ?

— A la Panavière.

— Eh bien ?

— Que vais-je devenir ?

— Tu iras à la Panavière.

— Je ne puis m'y installer, ni y aller chaque jour.

— Pourquoi ne l'épouses-tu pas tout de suite ?

— Je ne sais pas.

— Ni moi. Allons, je vois que si je ne m'en mêle pas, vous resterez là à vous regarder dans le blanc des yeux jusqu'à ce que ce blanc devienne jaune. A demain, j'arrangerai tout cela.

Raffet s'en mêla, en effet, et trois semaines après le mariage était bâclé.

Anderstein, l'enfant du bonheur, se maria à la campagne dans la petite église de Brunoy. Les témoins furent Adolphe Adam et Victor Massé, une jeune gloire et une vieille gloire. Le monde s'occupa de ce mariage, et il n'y eut que des amis à la messe.

Anderstein était né pour avoir tous les avantages et jamais les inconvénients.

Il mangea le miel des rayons de sa lune sur du beau pain frais et odorant. Le soir il mettait son bras autour de la taille de sa femme bien aimée, et ils allaient s'asseoir sur le bord de la rivière.

— Te souvient-il de nos bonnes soirées d'hiver? lui demandait Marguerite.

— Elles n'étaient pas plus douces, répondait-il.

L'hiver, Marguerite lui disait:

— Te souvient-il de nos douces soirées d'été?

Et cela dura trois ans.

Au moment où la monotonie allait peut-être arriver et se mettre de la partie, Marguerite devint mère. Anderstein eut une ravissante petite fille qui vint au monde le lendemain de la première représentation de *Jean de Gand*, grand opéra qui fit le tour du monde et revint avant que la liberté, qui doit le faire aussi, n'eût préparé ses malles.

C'est au milieu de tous ces bonheurs, de toutes ces félicités que le ciel avait envoyées à ce galant homme, qu'il lui prit fantaisie de faire bâtir une maison.

Pourquoi Anderstein eut-il cette fatale idée?

Parce que le bonheur est comme l'opium, le tabac, l'absinthe, tout ce qui grise ou qui endort: quand on en a pris, il en faut encore, encore et toujours, — c'est si bon le sommeil et l'ivresse!

Quelle joie, quelle belle joie de huit jours!

Les joies qui durent davantage sont rares; peut-être n'existent-elles pas.

Le piano d'acajou était la première ombre qui s'était glissée dans ces deux rayons de bonheur.

Madame Anderstein avait raison; le cabinet était trop beau pour l'instrument ou l'instrument était trop laid pour le cabinet.

Anderstein s'était creusé la tête pour tâcher d'effacer cette fausse note qui venait soudain détruire l'harmonie générale.

Que faire? Il aimait cette vieille boîte, de laquelle étaient sorties toutes ses inspirations. Il avait l'habitude de se servir de celle-là et non d'une autre. Puis il était Allemand, partant superstitieux; il se figurait qu'une fée avait attaché sa gloire aux touches d'ivoire de la vieille machine. Pour lui, ce vieux compagnon du passé n'était pas un vulgaire piano, c'était un talisman.

Il prit un parti héroïque, il conserva le vieil instrument prétendant que mieux valait avoir un vieux sabot en acajou qu'un de ces stupides instruments édités par un Pleyel quelconque, et bêtement enfermés dans des boîtes façon Boule ou un chêne sculpté : il avait raison.

La famille Anderstein s'installa, les amis furent conviés à prendre la crémaillère.

On invite toujours ses amis à prendre la crémaillère : il serait peut-être plus sage d'inviter la crémaillère à prendre les amis.

Ceux d'Anderstein se retirèrent émerveillés et s'en allèrent par la ville raconter les magnificences du doux nid que l'artiste avait bâti dans l'ombre.

Si Anderstein avait dit :

— Voici cinq ans que je pose pierre par pierre et que j'attache, morceaux par morceaux, ce qui couvre les murs, il est probable que Pâris qui aime les tours de force eût applaudi à outrance. Mais le bon artiste n'avait rien dit ; il voulait que sa femme fût seule dans le secret.

Si bien qu'au lieu de voir un digne garçon traîner son rêve comme Sysiphe traînait son rocher, on vit un familier des fées bâtissant un palais d'un coup de baguette.

On trouva que beaucoup de gloire, une jolie femme et un palais, étaient beaucoup de choses pour un homme seul.

A partir de ce moment, Anderstein eut des ennemis acharnés.

Hélas ! ceux qui n'ont rien, ni la renommée, ni l'avenir, ni l'argent, sont bien malheureux, et il faut les excuser si, en poussant leurs plaintes, ils laissent tomber un peu de salive sur autrui.

Anderstein ne vit pas se former cette horde d'ennemis sans un secret orgueil.

— Il n'y a que les hommes d'une grande valeur, disait-il, qui peuvent engendrer des haines.

Jusque-là d'ailleurs il n'avait pas eu d'ennemis, c'était de la nouveauté. Le bon Allemand prenait des ennemis pour des adversaires ou des rivaux. — Grave erreur!

Le compositeur, lorsqu'on lui parlait des animosités que sa fortune apparente avait soulevées contre lui, répondait en souriant:

— J'attends tous ces gens-là le soir de la première représentation de *Luther*.

Le maître, pour inaugurer dignement sa maison, avait commencé ce qu'il appelait son œuvre capitale.

Méry, l'aimable poëte, lui avait dit un jour:

— Vous qui êtes Allemand, pourquoi ne faites-vous pas chanter Luther? aucune figure ne saurait avoir de plus grands accents. Luther inspiré, Luther luttant avec le monde, Luther proscrit et traqué, Luther prisonnier, Luther chancelant entre la reconnaissance et l'amour au château de Wartbourg, Luther épousant une fiancée de Jésus Christ, la belle Catherine Bora: je vous assure que de toute cette vie étrange on pourrait tirer un grand drame plein de force et de couleur. Qui mieux que vous, qui connaissez l'Allemagne et l'aimez, trouverait de plus belles inspirations pour dire ses premiers cris de liberté?

— Oui, répondit Anderstein, mais Luther est une figure âpre qui, je crois, ne serait pas sympathique en France.

— En France, répondit l'auteur de la *Guerre du Nizam*, nous aimons tout ce qui est grand, et surtout nous professons un culte pour tous ceux qui ont ajouté une plume aux ailes de la liberté.

Anderstein ne tarda pas à s'enamourer du sujet proposé par Méry; il y rêva jour et nuit et se décida à tenter cette tâche redoutable.

Il fit son livret lui-même et le fit mettre en vers par Lazare, qui commençait alors, et qui, comme on sait devint un grand poëte. Un matin qu'Anderstein se promenait dans *son* bois, on lui annonça qu'un jeune homme désirait lui parler. Le domestique remit la carte du visiteur. Le compositeur lut un nom inconnu: *Lucien de Bertalis.*

— Priez ce monsieur de venir jusqu'ici, dit Anderstein, et priez madame de m'envoyer ma fille, que je n'ai pas encore vue ce matin.

— Si c'est un importun, pensait le musicien, j'aurai du moins une consolation.

Un jeune homme de vingt ans mis de la façon la plus convenable s'avança et salua le maître avec un respect si profond, que celui qui l'inspirait en fut touché malgré lui.

— En quoi puis-je vous être agréable, Monsieur ? demanda Anderstein.

— Maître, fit le jeune homme en souriant, ne me jugez pas à ma mine : je suis un mendiant.

— En ce cas, asseyez-vous sur ce banc et racontez-moi quelle aumône je puis mettre dans votre gant jaune...

— Maître, reprit le jeune homme, je suis musicien, j'ai, je crois un peu de talent et je voudrais vivre de mon talent. J'ai été riche, je n'ai plus rien. J'ai frappé à toutes les portes et au lieu de me demander que : savez-vous faire ? on m'a dit : „Sortez-vous du Conservatoire ? arrivez-vous de Rome ?“

— On aurait pu se borner à vous demander le nom de votre maître.

— Mon maître est un pauvre prêtre d'un grand talent, je crois, mort sans avoir eu sa part de gloire. Il était prêtre, chrétien, résigné. Il est parti sans regret et sans amertume, remerciant le Ciel de n'avoir pas mis sa modestie à l'épreuve. Mais moi je n'ai pas ses vertus, et j'ai besoin de vivre.

— Je comprends cela, fit Anderstein, après avoir réfléchi, je ne demande pas mieux que de vous être utile, vous devez avoir fait quelque chose ?

— Un opéra-comique en un acte.

— De qui sont les paroles ?

— De moi.

— Eh bien! apportez-moi votre œuvre.

— Je l'ai sur moi, si vous voulez permettre.

Lucien de Bertalis tira un manuscrit de sa poche et le présenta au maître. Anderstein l'ouvrit et le feuilleta attentivement: de temps à autre il jetait au jeune homme un regard à la dérobée. Il éprouva un certain étonnement en ne le voyant pas trembler.

— Monsieur, lui dit-il au bout d'un instant, votre prêtre était un habile homme, excellent musicien; mais s'il vous a donné des principes solides, il est quelque chose qu'il ne pouvait vous donner, l'inspiration. Tout cela est correct, soigné, mais vieux et sans originalité.

— Monsieur, dit Bertalis en se levant, je suis bien malheureux de vous avoir fait perdre un temps précieux à une chose si peu digne de vous. Je vous supplie de m'excuser: quand on se noie, on se rattrape à toutes les branches.

— Monsieur, dit Anderstein embarrassé, vous n'avez pas besoin de vous excuser, vous ne m'avez point dérangé et j'aurais voulu...

— Le souvenir de votre bonté adoucira la sévérité de votre jugement.

Bertalis s'inclina et se retira.

En s'en allant il croisa la petite Marguerite qui venait embrasser son père.

Marguerite ébauchait un sourire croyant trouver un familier de la maison. Elle leva les yeux sur Bertalis et soudain son visage prit une teinte triste; elle s'arrêta deux secondes et courut vers son père.

— Pourquoi pleure-t-il, ton ami, s'écria-t-elle, en sautant au cou du musicien.

— Ce n'est pas mon ami, chère enfant, c'est un homme malheureux pour lequel je ne puis rien.

— S'il est malheureux, donne-lui des sous, père.

— Je ne puis soulager toutes les infortunes, ma pauvre fillette !

— Alors je vais lui donner ma petite bourse. J'ai sept francs qui ne servent à rien.

Sans attendre la réponse de son père qui restait attendri en la regardant, l'enfant se mit à crier :

— Monsieur ! monsieur ! revenez, je vais vous donner.

Bertalis était au haut de l'allée, il n'entendait pas ce que disait Marguerite ; mais, au son de sa voix, il s'était retourné : aux gestes de l'enfant il comprit qu'on le rappelait et il revint sur ses pas. Son visage avait pris une teinte radieuse, il comprenait que la chance venait de mettre quelque chose dans la partie qu'il faisait avec la destinée.

— Maudite enfant, ma bien aimée qu'as-tu fait là ? dit Anderstein.

— Je veux lui donner moi, dit Marguerite avec l'entêtement des enfants gâtés.

— Garde-t-en bien, ce n'est pas un mendiant.

— Qu'est-ce alors ?

— Autre chose ; tais-toi.

Anderstein avait prononcé ces dernières paroles un peu sèchement, l'enfant fit la moue et se mit à regarder Bertalis de la tête aux pieds pendant qu'il causait avec le compositeur.

— Vous avez daigné me rappeler, monsieur? demanda-t-il en s'inclinant.

— Mais non... si... c'est-à-dire, fit Anderstein embarrassé, je voulais... dites-moi : savez-vous copier la musique?

— Naturellement, répondit le jeune homme, ma copie n'est pas belle dans l'acception bête du mot, mais elle est très-lisible et je vais très-vite.

— Si j'osais, je vous proposerais de me copier quelques manuscrits?

— Maître, répondit M. de Bertalis, je suis plus touché que je ne saurais vous le dire; je vois que vous avez deviné que ma pauvreté était poignante, vous n'avez pas voulu m'humilier en m'offrant quelque argent, et vous avez trouvé dans votre cœur un prétexte ingénieux de me venir en aide; je vous remercie de tout mon cœur.

— Il n'y a pas de quoi. Ainsi vous acceptez?

— Cela dépend, Monsieur.

— Ah! fit Anderstein avec un sourire railleur, je m'étonnais de l'importance qu'en me remerciant vous attachiez à ma proposition. C'est tout ce que je pouvais vous offrir.

— C'est beaucoup, monsieur.

— Mais vous refusez.

— J'accepte, mais à une condition.

— Comment dites-vous cela, je vous prie ?

— Je vous en supplie, monsieur, ne préjugez pas de mes sentiments.

— Je vous écoute.

— Je sais, monsieur, que bien des artistes malheureux sont venus frapper à cette porte ; je sais aussi qu'ils sont sortis de votre demeure assistés ou consolés. Je sais encore que parmi les mains qui se sont tendues vers vous, beaucoup n'étaient ni dignes de presser les vôtres ou même de recevoir ce que votre cœur laissait tomber dedans. Je sais que vous avez fait bien des ingrats et, peut-être, à votre insu, encouragé des vices ; mais, monsieur, n'est-ce pas l'histoire de tous ceux qui ont du cœur ? Maintenant vous vous méfiez. Quand la bonté vous crie : ouvre ta main ; votre raison vous dit : ferme-la, et l'expérience nous a prouvé souvent que le dernier conseil était le meilleur.

— C'est vrai, monsieur.

— En m'entendant refuser un ouvrage qui peut me faire vivre quelque temps, vous avez pensé que j'étais un orgueilleux ou un paresseux ; que je n'avais ni la résolution ni le courage nécessaires à l'artiste qui veut arriver.

— J'en conviens et je vous demande pardon si je me suis trompé.

— Je me suis mal expliqué sans doute, monsieur, ou plutôt la crainte d'être importun m'a empêché de vous dire ma position telle qu'elle est.

— Asseyez-vous, fit Anderstein, mais vous aurez du mal à me convaincre.

— Je ne chercherai pas, monsieur, je vous demanderai seulement de me permettre de vous dire qui je suis.

— Je vous écoute.

— Mon père était militaire, je ne l'ai pas connu, ma mère m'a fait élever convenablement. J'ai eu la douleur de la perdre. J'avais dix-huit ans quand elle est morte. Elle n'avait pas de fortune et j'eusse été fort malheureux si un vieux prêtre croyant trouver en moi de grandes dispositions musicales ne fût venu à mon aide. Il m'apprit ce qu'il savait et mourut, lui aussi, me laissant tout ce qu'il possédait ; deux mille quatre cents francs de rentes.

— Mais c'est une fortune, s'écria Anderstein, moi je suis venu en France avec trois doubles frédérics d'or et je perdis trois francs dix sous sur le change !

— Le digne prêtre, continua Bertalis, avait un frère dont il avait eu à se plaindre et l'avait déshérité. Ce frère était dans une grande détresse : je crus devoir violer les dernières volontés de mon bienfaiteur ; je partageai ce qu'il m'avait laissé avec son frère dépossédé.

Peut-être aurais-je dû tout lui rendre, mais je vous l'avoue, la misère m'a fait peur.

— Vous êtes un brave garçon, dit le bon Allemand; continuez, je vous prie; je vous écoute avec intérêt.

En disant cela, il regardait le jeune homme et il lui trouvait bon air. Il regardait aussi la petite Marguerite qui suivait le récit de Bertalis en ouvrant de grands yeux étonnés.

— Ah! pensait le bon père, les enfants sont plus perspicaces que nous, leurs sympathies ne les trompent pas. Ils sont toujours attirés par ceux qui sont droits et loyaux.

— En arrivant à Paris, continua Bertalis, j'ai eu le bonheur de trouver une leçon qui me rapporte cent cinquante francs par mois, ce qui me fait cinq francs à dépenser par jour: je suis sobre; cela me suffit. Voici pourquoi, Monsieur, je refusais de copier de la musique pour vivre; je ne veux pas être copiste, je veux être musicien.

— Et vous avez mille fois raison; mais aussi pourquoi, quand je vous ai demandé si vous vouliez copier, m'avoir répondu: „Cela dépend.“

— Oh! ceci, monsieur, répondit Bertalis en rougissant, ceci est plus difficile à dire, et j'ai bien peur de ne pas oser.

— Allons, du courage! je ne suis pas bien imposant. Voyons, contez-moi cela.

— Eh bien, puisque vous le voulez, je vais tout vous dire; mais, de grâce, prenez cela pour un rêve sans conséquence et ne m'en veuillez pas. Je pensais que si je copiais votre musique; que si vous aviez assez de confiance en moi pour me charger de vos courses dans les théâtres, chez les éditeurs, je mettrais tant de zèle et de bonheur à vous être agréable, qu'un jour peut-être, touché par mon dévouement, vous daigneriez me donner quelques conseils.

— Ah! ah! fit Anderstein, vous espériez devenir mon élève?

— C'était un rêve, je vous l'ai dit.

— Eh bien, mon enfant, vous serez mon élève, et il ne tiendra qu'à vous d'être mon ami.

Bertalis ne répondit rien: son émotion était extrême, et Anderstein ne laissa pas que d'en être touché.

— Allez, dit-il, je vous autorise à venir me voir tous les matins de neuf heures à midi.

— Maître, répondit Bertalis en s'inclinant, je ne sais pas remercier, je n'y ai pas été accoutumé; mais je vous jure que je donnerais ma vie pour vous et pour ce petit ange qui m'a rappelé vers vous.

Au haut de l'allée il rencontra madame Anderstein et la salua profondément.

— Qu'est-ce que c'est que ce jeune homme? demanda-t-elle à son mari.

— C'est un élève que je prends, répondit le musicien.

— Un élève, fit la dame, pour quoi faire? Un élève, je n'aime pas bien ça; qu'as-tu besoin d'apprendre aux autres ce que tu sais?

— C'est pour payer ceux qui m'ont appris.

— Ils sont assez payés par la notoriété que leur a donné ton talent.

— Tu as une manière de t'acquitter envers les gens...

— Je sais ce que je dis, et puis ce jeune homme ne me convient pas.

— Tu ne l'as pas regardé.

— C'est vrai!

Anderstein se mit à rire.

— Que veux-tu, reprit sa femme, un mauvais pressentiment.

— Alors prends-t-en à ta fille: c'est elle qui m'a fourré ce garçon sur les bras.

— Il est très-gentil, très-gentil, fit Marguerite; il a dit qu'il donnerait sa vie pour papa et pour moi et que j'étais un petit ange. Je n'ai pas besoin de sa vie; qu'est-ce que j'en ferais? Mais c'est égal, il est très-gentil.

Tout ce que Lucien de Bertalis avait dit au maître était rigoureusement vrai, sauf un détail: il avait partagé l'héritage du prêtre avec le frère dépossédé, parce que le déshérité l'avait menacé d'un procès. Soit que les difficultés de sa position, sa pauvreté ou son esprit de justice l'eussent conseillé, il avait transigé.

Lucien de Bertalis vint chaque jour chez Anderstein. Actif, adroit, insinuant, il sut lui rendre une foule de petits services, qui le rendirent précieux à cet esprit nuageusement romanesque, qui répugnait à toute espèce d'affaires commerciales.

— Ce Bertalis est extraordinaire, disait le maestro a sa femme: depuis qu'il s'occupe de mes affaires, tout marche à souhait; mes droits à l'étranger, que je ne touchais jamais, rentrent aussi bien que ceux que je touche ici pour toute la France, et pas plus tard qu'hier, il m'a fait signer, avec Colombier, un traité fort avantageux.

— Je l'aurai mal jugé; tant mieux, répondit madame Anderstein.

Un matin, elle rencontra Bertalis sur l'escalier; elle le gronda.

— Vous ne venez jamais me voir, monsieur, bien que je vous y aie invité plusieurs fois; en vérité, ce n'est pas bien.

— Veuillez me pardonner, madame: les affaires du maître m'occupent tout le jour.

Un dimanche, madame Anderstein pria Lucien à déjeuner; il accepta et pendant tout le temps du repas il n'ouvrit pas la bouche. Après déjeuner, Anderstein reçut une visite dans son cabinet et Bertalis devint avec Marguerite d'une gaieté folle.

— Quel singulier garçon vous faites! lui dit madame Anderstein; vous n'avez pas desserré les dents pendant deux heures, et voici que vous riez et jouez comme un fou avec cette bambinette.

— J'ai beau faire, répondit Bertalis: devant le maître, je tremble comme la feuille.

Rien n'attache plus les gens que d'aimer ceux qu'ils aiment.

Le culte que Bertalis professait pour l'éminent compositeur touchait sincèrement madame Anderstein qui, petit à petit, finit par s'attacher à lui.

Pour la petite Marguerite, elle adorait Lucien, parce que Lucien l'appelait mademoiselle et s'inclinait en la saluant, politesse qui touche toujours les enfants.

— Eh bien! demanda un matin madame Anderstein à son mari, M. Lucien, fait-il quelques progrès.

— Quels progrès? demanda le maître, de l'air d'un homme à qui on propose de deviner un rébus.

— Mais ne m'avais-tu pas dit que tu devais lui donner des leçons?

— Quelles leçons?

— Mon Dieu, dis que je suis folle; ne m'as-tu pas dit, il y a un an, que M. de Bertalis allait être ton élève et que tu te proposais de lui donner des leçons.

— C'est vrai! s'écria Anderstein stupéfait, je n'y avais jamais songé. Ah! le pauvre brave garçon, quel cœur! Il ne cesse de s'occuper de moi et je ne fais rien pour lui, suis-je assez égoïste? Tu sais que si tu ne m'y avais pas fait songer, il n'eût jamais osé me rappeler ma promesse. Mais je vais rattraper le temps perdu.

Le soir même, il fit des excuses au jeune homme qui lui répondit :

— Oui, autrefois j'ai eu l'audace de vous demander vos conseils ; mais depuis que j'ai l'honneur de vivre avec vous, de vous voir travailler, je suis ébloui par les éclairs d'un génie que j'admirais sans le comprendre. Aujourd'hui je sens combien je serais fou et présomptueux d'aspirer à une notoriété quelconque dans un siècle qui compte Rossini, vous, Meyerbeer, Halévy et tant d'autres génies.

— Il y a des degrés en tout, comme disait le président de Rouen, fit Anderstein en souriant. Avez-vous fait quelque chose depuis l'essai que vous m'avez montré l'an dernier ?

— Oui, un petit acte.

— Vous me l'apporterez.

— Il est là.

— Voyons...

Le Maestro se mit au piano, et exécuta en entier la partition que Lucien venait de lui remettre.

— Ce n'est pas tout-à-fait un chef-d'œuvre, dit-il, mais ce n'est pas une œuvre sans valeur.

— Oh ! monsieur !

— Vous savez que j'ai pour habitude de dire ce que je pense.

— Oh ! maître, vous me rendez bien heureux !

— En arrangeant un peu, cela pourrait aller.

— Qui vous a fait les paroles ?

— Un ami, un jeune homme inconnu.

— Tant pis. Les vers sont bien coupés. Eh bien! Nous verrons, je parlerai à Perrin.

— Comment reconnaître ce que vous faites pour moi?

— Dites: ce que je ferai pour vous.

Anderstein passa trois jours à revoir la partition de Bertalis. Il mit une délicatesse charmante à lui persuader que tout ce qu'il goûtait était en germe dans l'œuvre médiocre qu'il refaisait.

Par un phénomène étrange, Anderstein ne s'apercevait pas lui-même de sa supercherie. Il désirait si ardemment que son prétendu élève eût du talent, qu'il lui en prêtait malgré lui.

Lucien de Bertalis était-il dupe lui-même de cette charmante comédie du maître? Il est probable que non.

Quelques temps après, Anderstein annonça d'un air radieux à son élève que le directeur de l'Opéra-Comique avait reçu sa pièce qui serait jouée dans le courant de l'hiver.

Bertalis pleura de joie.

— Maître, dit-il, je suis sûr d'obtenir un grand succès. Malgré votre extrême délicatesse, je ne puis m'abuser; vous avez refait tous les airs de *mon* opéra-comique, vous avez semé des perles dans la partition la plus insignifiante du monde. Franchement, si les *Amants de Séville* ont du succès, c'est bien vous qu'on devrait nommer.

— Il ne faut rien exagérer, répondit le Maestro. J'ai corrigé votre œuvre, Lucien; j'ai tiré parti, mieux que vous ne l'auriez fait, de certaines situations; mais j'ai respecté vos idées, et, sauf l'arrangement, cette œuvre vous est propre.

— Je ne veux ni ne puis discuter avec vous, maître: je ne saurais vous dire qu'une chose: la reconnaissance ne sera jamais lourde à mon cœur.

— Je le sais; suivez donc votre route sans vous détourner; ne travaillez pas sans relâche comme vous le faites; laissez quelque chose à la fantaisie. Vous cherchez trop la correction: faites mal, mais trouvez une manière qui vous soit propre.

*Les amants de Séville* ne tardèrent pas à être mis à l'étude. Anderstein suivit les répétitions de l'œuvre de son élève comme si l'œuvre eût été la sienne. La sollicitude du maître toucha tout le monde, la reconnaissance de l'élève plus encore.

Le jour de la représentation, le succès fut colossal. Bertalis se jeta dans les bras du maestro en s'écriant:

— Je ne veux pas de ces bravos, ils vous appartiennent.

Le bon Allemand versa des larmes.

— Ah! monsieur, ajouta Bertalis, que mon bonheur serait grand si, auprès de vous, je pouvais voir le digne prêtre qui fut mon premier maître et mon bienfaiteur.

— Il vous voit et vous entend, mon cher ami.

— Puissiez-vous dire vrai !

Le lendemain de cet heureux jour, Anderstein dit à son élève :

— Votre affaire est finie, vous tenez un succès ; maintenant que je me suis occupé de vous, vous allez vous occuper de moi, si vous le voulez bien, et m'aider à votre tour.

— Maître, mon cher maître, il est écrit que vous me comblerez de toutes les façons : que vous m'aidiez, vous, c'est presque dans l'ordre ; mais que vous me permettiez de placer une virgule dans l'œuvre immortelle que vous laisserez, voilà qui me touche plus que tout au monde.

Anderstein était habitué à la louange. Loin qu'elle lui déplût, il la regardait comme une chose due ; c'était là son côté faible, il faut bien l'avouer. La flatterie la plus excessive, l'encens le plus brutal le trouvaient souriant et heureux.

Mieux que personne, Lucien de Bertalis connaissait la manie du maître et l'exploitait avec une impudence que, seuls, les gens qui ont vécu avec des artistes, pourraient comprendre.

Quand le lendemain le maestro dit à son élève de se mettre à l'ouvrage et d'orchestrer sur ses indications quelques morceaux de son opéra, il trouva son élève dans une agitation extrême.

— Qu'avez-vous ? lui demanda-t-il.

— J'ai, monsieur, répondit Lucien, ce qu'aurait un soldat à qui l'on permettrait de toucher à l'épée de Napoléon, je tremble.

En déjeunant, Anderstein raconta le mot à sa femme et ajouta :

— Ce garçon est bien l'élève que je rêvais.

— L'épée de Napoléon ? demanda Mme Anderstein, qu'est-ce que cela veut dire ? Je ne comprends pas du tout. Pour la première fois depuis qu'ils étaient mariés, le musicien trouva que sa femme n'était pas toujours intelligente.

Le crédit de Bertalis s'accrut de ce que Mme Anderstein venait de perdre dans l'esprit de son mari.

Le sort des femmes d'artistes est affreux. Pour qu'une femme soit heureuse, il faut que son mari aille sans cesse de revers en revers.

Alors elle est la sainte, l'ange tutélaire, l'étoile de l'âtre, la statue du dévouement et le reste.

Si le mari a du talent, elle finit par le relever. C'est elle qui le mène, c'est elle qui dirige ses affaires, qui lui crée des relations.

Le jour où la gloire vient faire sa première visite à la maison, le mari ne manque jamais de lui dire :

— Ceci est ma femme, ne faites pas attention !

Si la gloire revient, c'est un autre langage.

— Ah ! madame la gloire, vous m'eussiez visité plutôt, si je n'avais pas été marié. Le ménage, voyez-vous, ça tue l'inspiration.

Canaille ! (c'est moi qui parle).

Voyez-vous un auteur applaudi, acclamé, porté en triomphe, rentrant chez lui. Cet homme, la plupart du temps bon père et bon époux, s'indigne toujours un peu, intérieurement, en voyant sa femme se coucher comme à l'ordinaire.

La fièvre de la vanité agite ses nerfs au point de l'empêcher de se livrer au sommeil, et sa femme dort!

Cela le monte, cela l'indigne: elle dort!

Non seulement elle dort, mais le lendemain elle déjeunera de fort bon appétit, pendant que son mari, fatigué par l'insomnie, goûtera à peine un peu de thé.

Alors voici ce que l'artiste pensera avec amertume: „Voici une femme qui a trente-trois ans, elle a pris les plus douces émotions de ma vie; je lui ai tout donné; elle n'a rien compris de ce qu'elle acceptait. Je l'ai rendue illustre, immortelle: elle ne s'en doute même pas; cette nuit elle dormait, et maintenant elle mange, comme mangerait la première femme venue."

Quand l'artiste est ambitieux et malhonnête — on en a vu — il ajoute: „Ah! pourquoi me suis-je marié si tôt! aujourd'hui je pourrais épouser et une dot et une jeune fille."

Ce fut presque avec reconnaissance que le mæstro alla retrouver Bertalis qui travaillait dans un petit pavillon que madame Anderstein avait fait construire récemment afin que le bruit de la maison ne troublât pas les inspirations du maître.

Anderstein se plaisait mieux dans ce charmant

endroit, entouré de fleurs et de verdure, que dans son cabinet renaissance.

— Eh bien! cela marche-t-il, cher ami? cria-t-il à Bertalis. Vous savez que je suis pressé.

— Je n'ai pas écrit une note.

— Pourquoi?

— Vous me le demandez! j'ai lu, et je suis resté anéanti. Ah! maître, voilà votre chef-d'œuvre. Jamais on ne posséda une plus grande science jointe à tant d'admirables inspirations.

Admirable! immense! Ce jeune homme s'exprimait bien.

— Vous exagérez beaucoup, dit le compositeur.

— C'est vous, maître, qui ne savez pas encore tout ce que vous valez.

— Le public a bien voulu me l'apprendre.

— Le public n'en sait rien lui-même. Il ne connaît pas votre *Luther*.

— Vous trouvez donc cela réussi?

— Splendide, monsieur!

— Qu'est-ce qui vous a frappé?

— Tout.

— Mais encore.

— Depuis le commencement jusqu'à la fin tout est grand, terrible ou aimable.

L'air des Augustins d'Erfurt qui viennent reprocher à Luther son ingratitude: la raillerie, l'insulte, la malédiction éclatent à chaque note. Ah! cher maître, quelle puissance!

— Je vois que vous avez bien compris, répondit Anderstein.

Je le répète: que les gens qui sont éloignés des artistes n'en veuillent pas au mæstro de tant d'impudence. C'est une des conséquences du théâtre. Anderstein, dans son monde, passait pour un Allemand modeste.

— Que dis-tu de la rencontre de Luther et de Catherine de Bora?

— Vous savez, maître, fit Bertalis, que pour un empire je ne voudrais pas mentir quand vous m'interrogez: dussiez-vous me trouver impudent et ingrat, je dirai ce que je pense.

— Parlez, mon cher, je vous en prie.

— Eh bien! je trouve ce duo admirable, mais.....

— Mais?

— Le commencement me semble indécis et torturé.

— Dieu soit loué! mon cher ami, vous venez de me faire là le seul éloge qui me soit sensible, et l'une des plus grandes finesses de l'art vous a frappé à votre insu. Savez-vous pourquoi on éprouve une gêne, un embarras! Je vais vous le dire.

J'ai adapté à la musique un trait de génie familier à Gœthe, à l'illustre Gœthe, en poésie. La musique et la poésie, n'est-ce pas tout un? Connaissez-vous Faust?

— Ah! maître, en doutez-vous!

— Non, mais vous autres Français, vous ne

connaissez jamais que par à peu près la littérature étrangère; un seul Français a compris Gœthe, c'est Blaze de Bury.

— C'est justement lui que j'ai lu.

— Gœthe peignant les douleurs de Marguerite dans sa folie, a, de ci de là, semé quelques vers faux, afin que le lecteur éprouvât un double malaise. Comprenez-vous?

— Parfaitement.

— En musique le faux est interdit; aussi, au lieu de notes fausses, j'ai mis des notes indécises, presque douteuses. Il m'a semblé qu'ainsi j'exprimerais mieux la crainte, l'effroi même que doit éprouver Luther, ancien prêtre Augustin, encore nécessairement imbu de préjugés catholiques, lorsqu'il fit pour la première fois une déclaration d'amour à Catherine, qui alors était elle-même sous l'habit religieux.

— C'est simplement du génie, dit Lucien.

— Je le crois, répondit naïvement le maître: mais voyez-vous, le génie, puisque vous voulez que ce soit du génie, le génie frappe comme la lumière; vous-même, vous avez été frappé.

— Et en plein cœur.

— Et maintenant, dites-moi ce que vous pensez de la rencontre de Luther avec son vieil ami Ulric de Stutten?

— Admirable.

— Et l'entrée de Luther à la diète de Worms?

— Admirable; seulement j'aurais voulu qu'il

n'annoncât pas qu'il possédait un sauf-conduit de l'empereur Charles-Quint.

— Pourquoi ?

— Parce que, lorsqu'il refuse de se rétracter, on tremble pour ses jours ou tout au moins pour sa liberté.

— Mais tout le monde sait qu'il avait un sauf-conduit.

— En Allemagne, oui ; en France, non. En France, nous ne savons rien.

— Ce n'est pas nécessaire, vous devinez tout. Cependant je parlerai de votre observation à Méry : il est homme de bon conseil. S'il approuve votre manière de voir, il parlera à Calixte, qui l'écoutera mieux que moi. Vous savez combien les poëtes sont susceptibles ?

— Et vaniteux.

— Je n'osais pas le dire.

Vers le mois d'août, l'Opéra commença les répétitions du Luther d'Anderstein.

La femme du compositeur, qui cédait en toute chose, était inexorable lorsqu'il s'agissait de ses deux mois de campagne.

Son père, le bon M. Panavier, était mort heureux de voir ses enfants heureux ; le seul nuage qui passa sur la dernière heure qui clôtura cette vie honnête, fut le regret de n'avoir pas trouvé le fameux mat du capitaine Evans.

Il n'est pas de parfait bonheur sur terre.

Malgré la mise en répétition de Luther, la famille émigra à Brunoy. Anderstein ne fit aucune difficulté.

— Bertalis sera là pour commencer, dit-il, je pars sans inquiétude.

Madame Anderstein remercia avec effusion l'élève de son mari.

Marguerite, qui devenait une jeune fille, partit sans joie et sans chagrin ; elle était à cet âge heureux où l'on éprouve un petit serrement de cœur en quittant une demeure si aimée, mais en éprouvant d'un autre côté une certaine satisfaction alimentée par ce désir, commun aux jeunes filles, de savoir ce qu'il y a derrière la colline.

Le départ du Mæstro produisit un fort mauvais effet à l'Opéra.

On trouva que, lorsque Verdi daignait faire six cent lieues pour venir faire répéter une pièce aux Italiens, Anderstein pouvait bien faire un voyage d'une heure.

On trouvait que cet artiste tranchait un peu bien trop de grand seigneur, „la prospérité l'a grisé, disait-on, et cependant les mauvais jours ne sont pas si rares qu'il ne s'en doive souvenir.“ Tous ceux qui n'avaient ni maison de ville ou des champs, ni renommée, ni famille, devinrent ses ennemis.

Ceux qui cherchent chaque jour leur dîner et leurs bottes devinrent autant de sauvages prêts à s'embusquer pour lâcher sur l'heureux compositeur leurs flèches les plus empoisonnées.

Bertalis lui-même servit prétexte aux diseurs de mal.

— C'est indigne! s'écriaient-ils, Anderstein gagne soixante mille francs par an, au bas mot; il se fait aider par un pauvre garçon fort intelligent. Ce malheureux passe ses nuits à travailler pour lui et ses jours à faire répéter *Luther:* eh bien! depuis trois ans que cela dure, il ne lui a pas offert un sou.

Beaucoup de gens répondaient:

— C'est ignoble!

C'était vrai; Anderstein n'avait pas offert un sou à son élève, il s'était contenté de lui donner une bibliothèque renfermant les œuvres des musiciens classiques, c'est-à-dire quelque chose comme trois cents louis; il lui avait fait et fait jouer un opéra comique qui avait rapporté une dizaine de mille francs; enfin, depuis qu'il avait été joué, Bertalis avait plus de leçons qu'il n'en pouvait donner et il avait établi des relations aimables et utiles; mais le maître ne lui avait pas donné un sou.

Les répétitions allaient leur train. En copiant l'œuvre d'Anderstein, Lucien avait à dessein commis plus d'une faute. Il corrigeait devant tout le monde en affectant de rejeter les fautes sur lui. Les maîtres présents et le chef d'orchestre trouvaient que non-seulement Bertalis était un garçon extrêmement savant, mais encore qu'il était plein de tact et qu'il professait pour son maître une sainte amitié.

Anderstein revint vers le mois d'octobre et fit bon nombre d'observations. On trouva que pour un homme qui ne s'était donné aucune peine, il le prenait de haut.

Les plus modérés l'appelèrent poseur.

Le 5 janvier eut lieu la première représentation de *Luther*.

Tout Paris se rappelle encore cette soirée si orageuse et si injuste.

L'ouverture de *Luther*, qui est un chef-d'œuvre, fut exécutée avec une froideur qui faisait pressentir la tempête.

Le premier acte passa pourtant sans encombre; mais ni l'air sublime de la révolte, ni le chant des paysans, encore célèbre aujourd'hui, ne trouvèrent grâce devant la froideur du public. La claque fit ce qu'elle put; quelques rares amis, quelques honnêtes gens applaudirent à outrance, mais cela ne servit à rien. Le câble du courant électrique qui fait les grands succès était rompu; la salle et la scène n'étaient plus en communication.

Les artistes étaient troublés. Les artistes sont de braves gens qui soutiennent vaillamment une lutte pour arracher une victoire; mais s'ils jugent, à tort ou à raison, la partie perdue, ils ne songent plus à la renommée qu'ils ont à défendre; ils pensent à la leur. Ils savent d'ailleurs que si la pièce tombe, les critiques ne manqueront pas de dire le lendemain: „Les vaillants interprètes ont fait des efforts surhumains pour sauver une œuvre condamnée déjà au second acte.“

Cette phrase, qui est le dernier coup de poignard pour l'auteur ou le compositeur, sert éternellement: pas un sinistre au théâtre sans qu'elle ne se reproduise et ne vienne, cliché odieux, tourmenter un pauvre homme déjà bien tourmenté.

Anderstein, depuis qu'il avait débuté au théâtre, n'avait eu que des succès éclatants; il resta un instant stupéfait comme un homme à qui l'on parle une langue inconnue.

Comme, après tout, c'était une nature d'élite, qui n'aurait pas répugné à la lutte, il se releva vite.

Il alla au foyer réconforter les chanteurs.

— Mes enfants, dit-il, ne nous laissons pas influencer, de grâce; la salle est mal disposée, j'espère qu'elle va tourner; je conviens qu'il y a des longueurs dans le premier acte, demain nous arrangerons cela; tenez bon, je vous en supplie; je réponds de tout.

— Oui! s'écria Bertalis, vous le savez, il y a dans l'ouvrage des beautés qui forceront les détracteurs du maître à s'incliner encore devant son génie.

Mais Anderstein et son élève eurent beau faire, les artistes ne les écoutèrent pas. Leurs craintes furent encore augmentées par le visage sens dessus dessous du directeur qu'ils entendirent causer avec animation avec Anderstein.

La toile se leva. Le second acte commençait par un duo d'amour entre le réformateur et Catherine Bora. Même pour les protestants, Luther est une figure sinistre. On ne comprend pas que l'amour ait pu se loger dans le cœur de cet homme qui, en affichant sa doctrine sur une muraille de la petite ville de Wittemberg, fit trembler l'univers.

Peut-être à la rigueur eût-on compris l'amour du réformateur pour une femme supérieure; mais on sourit de pitié rien qu'en se figurant Luther chantant à une petite religieuse:

Ange que j'aime
D'amour extrême.

L'habit clérical fait assez mal sur les planches. Quand le rideau se leva et laissa voir le fougueux ennemi de Léon X aux genoux d'une religieuse, façon opéra, une partie de la salle se mit à rire.

Un farceur du parterre, ce plaisant éternel toujours partout, et toujours le même, cria à tue-tête:

— Tiens! Héloïse et Abeillard!

La salle éclata, l'infortune d'Abeillard fait toujours sourire on ne sait pas pourquoi.

Le duo eut toutes les peines du monde à finir, le procédé de Gœthe appliqué à la musique n'ayant pas été prisé du tout par le public.

Pour comble de malheur Tetzel, le chef des Dominicains, ayant manqué son entrée, le cardinal Cajetan qui, dans le livret, doit lui reprocher amèrement d'avoir élevé dans son sein le serpent tentateur, le cardinal Cajetan fut obligé d'adresser ses reproches dans le vide : pareil à saint Jean, il chanta dans le désert, ce qui n'eût été qu'un demi mal si Tetzel, à la sixième mesure, n'avait dû lui dire en *ré* majeur.

Oh ! Seigneur, apaisez ce courroux redoutable.

Le cardinal fut obligé de s'apaiser tout seul, ce qui est dur pour une Éminence, et de rester le bec dans l'eau, ce qui est désagréable pour tous les ministres du Tout-Puissant.

Enfin Tetzel arriva en ajustant son rabat, et, après quelques hésitations bien naturelles de l'orchestre, il apaisa le courroux du cardinal. Personne ne gagna à cette victoire. Qu'est-ce qu'un cardinal qui s'apaise, lorsque deux mille personnes sont en courroux ? Le moment est même mal choisi. Une bordée de sifflets couronna le quatuor. La toile allait tomber, lorsque la présence d'un auguste personnage vint rappeler le public à la décence.

Le public est parfois horriblement cruel et injuste.

Si un huissier audiencier arrivait sur un théâtre en faisant les trois saluts d'usage et qu'il dise :

„Mesdames et Messieurs, il y a deux pauvres diables qui se sont associés il y a trois ans pour fabriquer un tournebroche modèle.

„Pendant trois ans ils ont travaillé nuit et jour.

Leurs fronts ont pâli et leurs cheveux ont blanchi aux pâles lueurs d'une lampe fumeuse. Ils ont mis leur dernière épargne à acheter du fer, du cuivre et des chaînes; souvent leurs familles n'avaient pas de quoi dîner, et ils allaient quand même; ils n'avaient qu'un rêve: achever leur tournebroche et vous le montrer.

„Aujourd'hui le tournebroche est achevé; vous allez le voir tourner. On réclame votre bienveillance."

Certes, la recommandation et le patronage d'un huissier audiencier ne sont pas à dédaigner, mais enfin ce n'est pas encore cela qui entraînerait les masses, je pense.

Pourtant si un huissier disait cela, les spectateurs regarderaient tourner le tournebroche, et après l'avoir considéré plus au moins longtemps, ils se retireraient en silence faisant dans le fond de leurs cœurs des vœux sincères pour les naïfs mécaniciens.

M. Prud'homme rappellerait dans l'escalier que pendant sa jeunesse le général Hoche, garçon rôtisseur à Versailles, servait lui-même à tourner la broche, et qu'il dut sa vocation aux méditations auxquelles il se livrait pendant ce travail peu captivant.

Il y a mieux. Si parmi l'assemblée un spectateur se permettait d'insulter les inventeurs du tournebroche nouveau, tout le monde tomberait sur lui ou tout au moins on le mettrait à la porte.

Deux hommes d'une grande valeur viennent présenter à un public d'élite une œuvre de la pensée, un travail de trois ou quatre années, travail absorbant qui use et qui tue.

Ces deux hommes disent à un monde qui est le leur et qu'ils honorent par leur haute intelligence et presque toujours par leur honnêteté :

— Voici notre œuvre nouvelle, écoutez-la. Nous ne vous prions pas de vous souvenir de toutes les bonnes soirées que nous vous avons fait passer depuis vingt ans. C'est dans nos œuvres que vos enfants ont appris la musique, et c'est encore là qu'ils ont puisé les mélodies qui ont si souvent raccourci les longues soirées d'hiver et les journées de pluie pendant l'été. Nous ne vous demandons qu'à vous laisser charmer.

Ces gens ont pu se tromper et présenter une œuvre manquée ; mais, aussi médiocre qu'elle soit, ne vaut-elle pas le tournebroche. Vraiment si. Alors pourquoi traiter ces hommes comme des chiens ? Pourquoi les siffler, les honnir, les conspuer et, ce qui est plus mal encore, les ridiculiser ?

Est-ce donc un bien grand crime que d'avoir tenté de vous distraire en vous faisant goûter les douces émotions que procure l'art à ceux que la nature a bien doués ? L'intention seule ne mériterait-elle pas autre chose que des sifflets et des pommes cuites, dites, bon public parisien ?

Le public parisien est le plus spirituel de tous

les publics, parce qu'il ne répond jamais à un reproche. Ça l'amuse de siffler, il siffle; il y a aussi des jours où ça l'amuse de tuer, il tue.

Bertalis voulut entraîner son maître, afin qu'il n'entendît pas les huées, les rires, les moqueries et le son des clefs percées dont on allait couvrir son harmonie.

Anderstein, étranglé par la douleur, ne dit rien, mais il resta jusqu'à la fin. Sans la pâleur mortelle qui couvrait son visage, on aurait pu croire qu'il était calme.

— Pauvre homme, dit une choriste en le regardant, sa femme et sa fille sont dans la salle, elles doivent être bien malheureuses aussi.

— Eh bien! et nous, dit le baryton qui avait chanté faux toute la soirée, crois-tu que nous ayons pris part à une petite fête?

— Vous, ce n'est pas la même chose.

— En voilà une grue!

Comme la claque et quelques naïfs réclamaient les auteurs, le nom d'Anderstein et du poëte furent lancés au public, qui trépigna et siffla comme on n'avait jamais sifflé à l'opéra.

Quand le dernier coup de sifflet eut retenti, les artistes allaient se déshabiller, non sans témoigner leur mécontentement.

Anderstein les arrêta et au milieu du désordre qui se manifeste à la fin d'une représentation lyrique, il leur dit d'une voix vibrante d'émotion:

— Mes bons amis, mes chers camarades, vous

mesdames aussi, je vous remercie bien sincèrement des efforts que vous avez dû faire pour sauver la pièce. Jamais je n'oublierai votre dévouement. A votre tour tâchez d'oublier cette soirée si pénible pour moi, si fatigante pour vous; oubliez-la, je vous en prie, afin que lorsque mon nom traversera votre esprit, il n'y soulève ni l'idée d'un reproche, ni le souvenir de la disgrâce que je vous ai causée.

Les comédiens, chanteurs ou diseurs, ne sont pas de mauvaises gens; personne plus qu'eux n'est accessible aux bonnes paroles.

Il y eut parmi tous ces gens, qui se plaignaient hautement, un retour subit. Le ténor, qui chantait Luther, s'approcha, et saisissant la main d'Anderstein, il lui dit:

— Maître, j'ai débuté dans *Jean de Gand*, c'est donc à vous que je dois ce que je suis. Loin de vous reprocher quelque chose, je donnerais ma vie pour vous. Ce soir, je la donnerais deux fois si cela se pouvait.

Les camarades du ténor touchés par l'exemple, accablèrent le musicien de compliments de condoléance et les deux femmes qui jouaient Catherine et Élisabeth de Warsbourg l'embrassèrent avec effusion.

Le directeur survint, c'était un homme bien élevé, il consola le pauvre grand artiste avec beaucoup de tact.

— Merci, mon cher ami, répondit Anderstein, vous êtes vraiment un galant homme.

Puis, prenant Bertalis sur le bras duquel il s'appuya, il dit :

— Tu vois, mon pauvre garçon, ce que c'est que notre métier, c'est le plus misérable de tous. Que cela te serve de leçon. Pourtant je dois être juste, je me suis bien rendu compte en l'écoutant ; ma musique n'est pas bonne ; il faut quelques efforts pour la comprendre ; le public français n'est pas encore mûr.

Il faut rendre cette justice à Anderstein, qu'il ne chercha pas un instant à rendre ses ennemis responsables de la chute de son opéra. Était-il bien sûr d'ailleurs d'avoir des ennemis ?

Depuis qu'il était ou plutôt qu'il paraissait être riche, il avait remarqué chez ses anciens amis parfois de la froideur, parfois de la raillerie. Cet esprit droit et juste n'avait pas compris l'abîme que son apparente prospérité avait creusé entre lui et ses vieux camarades.

Il est un phénomène qu'on ne remarque pas assez. — Ah ! c'est un tort, parce qu'il est d'une grande compensation dans les destinées humaines.

Quand un homme devient pauvre, ses amis l'abandonnent avec une promptitude navrante. Les gens qu'il rencontre affectent de ne plus le reconnaître. Cependant, il n'est pas rare de voir de braves cœurs rester fidèles à l'infortune.

Quand un homme devient tout à coup riche

et heureux, ce même fait se produit, mais en sens contraire. Les gens de cœur attendent un appel pour venir s'asseoir au foyer luxueux du nouvel enrichi. Quand on est heureux, on a bien d'autres choses à penser qu'à ses anciens amis. Les nouveaux, qui assiégent la porte, sont d'ailleurs plus séduisants et ne commettront pas la maladresse de mêler à la conversation les souvenirs des mauvais jours. Ceux qui n'étaient pas absolument des intimes n'ont aucune raison pour accourir. Si par hasard ils rencontrent l'enrichi, ils observent envers lui une réserve prudente.

Deux choses bien différentes, la misère et la richesse, amènent le même résultat: la solitude.

La seule différence, c'est que la solitude n'est pas de longue durée pour le riche; les amis nouveaux, commensaux de hasard, affluent dans sa demeure; les amis oubliés deviennent des ennemis ou des malveillants.

Le pauvre est plus heureux: tout le monde cherche à l'oublier; s'il lui reste un ami, tant mieux; s'il ne lui en reste pas, tant mieux encore: c'est un chagrin de moins pour l'avenir.

Il était une heure du matin lorsqu'Anderstein, toujours accompagné de Bertalis, regagna sa maison de la rue de la Pépinière.

Mme Anderstein s'apprêtait à se mettre à table. Les jours de première représentation, on ne dînait pas dans la maison du musicien; on avait pour coutume de souper, et, comme le succès avait toujours accompagné le maître, ces repas de nuit étaient toujours d'une gaieté folle.

La pauvre Mme Anderstein, la mort dans l'âme, n'avait pas voulu supprimer le souper, parce que le succès n'était pas venu. Elle eût desiré, elle eût donné tout au monde pour pouvoir effacer de l'esprit de son mari le souvenir de la funeste soirée qui venait de s'écouler. Elle eût voulu surtout qu'on ne parlât pas, qu'on n'y fît aucune allusion: c'était tout simplement un rêve impossible. En entrant, Anderstein fronça le sourcil; mais, se remettant bien vite, il demanda d'un air doux et triste:

— Qui donc a faim ici?

Sa femme l'embrassa et lui répondit:

— Personne, mon ami. Mais j'ai fait préparer les tables parce que nous soupons après les représentations de chacune de tes pièces. Ce soir, le public, mal disposé, a feint de ne te point comprendre; demain, mieux avisé, il te rendra justice.

— C'est vrai! s'écria Bertalis, Mme Anderstein a raison, mille fois raison.

— Eh bien, mangeons donc! dit en souriant tristement le compositeur, parce que, avant que le public ne se ravise, le souper aurait le temps de froidir.

Les quatre désolés se mirent à table. Mme Anderstein mangeait au risque d'étouffer, Bertalis l'imitait en silence, et Anderstein, sans se rendre compte de ce qu'il faisait.

Marguerite, seule, restait à sa place, immobile comme une statue; elle regardait attentivement son père, et des larmes silencieuses coulaient le long de ses yeux.

Les yeux de son père ayant rencontré les siens, elle rougit d'être surprise dans sa douleur.

— Tu pleures? lui demanda son père.

— Moi? répondit la jeune fille embarrassée, pleurer? non, par exemple; pourquoi donc pleurerais-je?

Et elle éclata en sanglots.

Anderstein lui prit le bras et l'attira doucement à lui:

— Ah! pauvre cher ange! dit-il en allemand, — le célèbre artiste, dans ses moments de grandes joies ou de grandes douleurs, revenait malgré lui à sa langue maternelle, — pauvre cher ange, ne pleure pas, je t'en supplie! Chacune de tes larmes est un remords qui tombe sur mon cœur et me brûle comme du feu... Quoi! Dieu t'a envoyé vers moi; il t'a donné tous les charmes et toutes les grâces, le cœur, l'esprit, la beauté, tous les rayonnements; et moi, au lieu de comprendre que tu m'apportais toutes les joies et tous les bonheurs sous mon toit, je t'ai oubliée, négligée, délaissée et ta mère ne m'a pas retenu...

— Hein? fit Madame Anderstein, que dis-tu là, cher aimé?

— Je dis la vérité, s'écria Anderstein avec véhémence ; je dis que celui qui a une enfant comme celle-ci ne doit plus chercher à rien créer ; je dis que celui qui a une femme comme toi ne doit pas désirer d'être l'amant de la foule. Je dis qu'il est fou celui qui, ayant le bien-être, le repos et le calme du foyer, un ami fidèle comme un chien pour en garder le seuil, s'en va chercher les rayons d'un lustre qu'il prend pour des rayons de gloire, et des fleurs en papier jetées du cintre par des mains malpropres, pour une glorieuse couronne.

Anderstein se tut. Sa femme et Bertalis n'osaient ouvrir les lèvres de peur d'augmenter encore la surexcitation du maître. Les sanglots étouffés de Marguerite troublaient seuls le silence de la nuit dans cette maison où, jusqu'à ce jour, le silence de la nuit n'avait été troublé que par des éclats de rire.

Mme Anderstein comprit qu'il était inutile de prolonger cette scène de tristesse. Elle emmena son mari, qui, après avoir embrassé Marguerite, se laissa mettre au lit comme un enfant.

Bertalis, craignant que le maître ne fût malade durant la nuit, demanda la permission, qui lui fut accordée, de coucher dans le pavillon.

Malheureusement ses pressentiments se réalisèrent. Vers cinq heures du matin, un domestique qui allait chercher un médecin, vint le réveiller.

Il s'habilla à la hâte et trouva Mme Anderstein en larmes. Ce qu'il y a de fâcheux quand un homme est malade, c'est qu'il faut consoler sa femme, si elle l'aime, et la consoler encore plus, si elle ne l'aime pas.

Le maître respirait avec effort, une sueur froide mouillait ses tempes, son pouls était extrêmement agité. Bertalis constata tout cela, mais ne put rien faire. Il se désolait de son impuissance, et Mme Anderstein lui dit :

— Oh! mon pauvre ami, que deviendrions-nous si vous n'étiez pas là.

Le docteur Judet arriva. D'un coup d'œil sûr il envisagea l'étendue du mal. Il demanda de la glace et la posa lui-même sur le front du malade.

Le docteur, bien que fort lié avec le grand compositeur, ne connaissait pas Bertalis : il jeta sur lui un regard inquisiteur qui surprit Mme Anderstein.

— M. Lucien de Bertalis, dit-elle, l'élève et le meilleur ami de mon mari.

Les médecins n'aiment pas beaucoup le meilleur ami de la maison : ils en ont tant vu, qu'ils savent à quoi s'en tenir.

— Monsieur, dit-il, puisque vous êtes l'ami d'Anderstein, veillez, je vous prie, afin que les ordres que je vais donner soient exécutés. Il écrivit quelques mots et les remit à Lucien qui sortit.

— Maintenant que nous sommes seuls, continua-t-il en enveloppant Mme Anderstein de son regard limpide et doux, dites-moi, chère Madame, ce qui s'est passé?

— Ne le savez-vous point? fit Mme Anderstein avec étonnement.

— Il ne sait rien.

— Hier à l'Opéra... la première de Luther...

— Ah! oui. Eh bien?

— Un grand malheur...

— Vous m'effrayez.

— La pièce est tombée.

— N'est-ce que cela? Votre mari a eu d'assez grands succès...

— La pièce n'est pas tombée, docteur; elle a été outrageusement sifflée.

— Et Anderstein était là?

— Naturellement.

— Il a dû hurler, trépigner, battre les gens; oh! ces tempéraments nerveux!

— Il n'a rien dit, il est resté calme et froid comme s'il eût été étranger à tout ce qui arrivait.

— C'est fort dangereux, fit le docteur en se levant; et à quelle heure a eu lieu la crise?

— Je ne sais. Il y a une heure, je suis entrée inquiète; je l'ai trouvé dans l'état de prostration où vous le voyez.

Bertalis revint rapportant les objets demandés

par le docteur; c'était des remèdes insignifiants dont il ne se servit pas.

— Il m'est impossible de rien préjuger quant à présent; allez donc, madame, et tâchez de reposer; je crains que vous n'ayez besoin de toutes vos forces. Je veillerai avec M. de Bertalis.

Les deux hommes restèrent seuls.

Lucien allait questionner, le savant praticien mit un doigt sur sa bouche pour recommander le silence.

Le matin, à la naissance du jour, le malade prononça quelques paroles incohérentes.

— Les lâches, devant ma fille!... Ne pas comprendre! c'était si simple... Oh! la claque!... La passion a des accents bizarres... Certainement un mi-dièze... Ignorants... Si je n'avais pas de pain pourtant... Vingt ans de lutte... Bertalis avait l'air heureux.

— Ah! s'écria madame Anderstein, qui était entrée en entendant parler le malade, mon mari est fou, mon mari est fou!

— Il a le délire, voilà tout.

Dans l'après midi, le docteur, qui ne pouvait plus longtemps oublier ses malades, partit après avoir laissé des ordres et en promettant de revenir.

En effet, à huit heures du soir, il était près du lit du malade, qui n'avait pas repris ses sens et dont l'état empirait.

— Ouvrez la fenêtre, ordonna l'éminent médecin.

— Mais il gèle, monsieur, hasarda Bertalis.

— Ouvrez cette fenêtre, répéta l'homme de l'art d'une voix douce, mais pleine d'autorité. Maintenant, madame, dites-moi quel est le morceau de son opéra pour lequel le maître avait une prédilection marquée.

— Le duo entre Luther et sa fiancée.

— Qui pourrait chanter ce duo?

— Je ne comprends pas.

— Il faut, monsieur, me trouver deux artistes qui puissent, sur l'heure, me chanter ce morceau.

— Il devient fou aussi, pensa Bertalis.

Madame Anderstein crut comprendre.

— Ma fille et M. de Bertalis savent l'opéra tout entier.

— Appelez donc votre fille.

— Mon enfant, dit le savant docteur avec sa douceur infinie, il faut sécher vos larmes, vous mettre au piano pour chanter avec M. de Bertalis le duo qu'aime votre père.

— Oh! monsieur, fit Marguerite, comment voulez-vous que je chante: j'ai le cœur brisé.

— Mon enfant, il s'agit de la vie de votre père.

Marguerite ouvrit le piano, et sans préluder, elle allait commencer, le docteur l'arrêta.

— Monsieur de Bertalis, dit-il, veuillez sonner.

Un valet de chambre parut.

— Combien de gens êtes-vous à l'office? demanda le docteur.

— Six, répondit le domestique, en comptant les femmes.

— Venez tous à cette fenêtre, vous me suivrez des yeux, vous ferez tout ce que je ferai, vous répéterez à l'instant ce que je dirai, et rien de plus; allez: il s'agit de votre maître.

Les domestiques vinrent se placer près de la fenêtre qui était au rez-de-chaussée, le docteur ordonna de commencer.

Bertalis chanta d'une voix troublée:

Quand mon cœur entend ta voix pure,
Plus de crainte, plus d'effroi,
Tout chante dans la nature,
Le ciel rayonne pour moi.

Marguerite, les yeux secs, mais les joues encore mouillées, dit de sa voix suave et vibrante:

Ne parle pas du ciel, sa colère est terrible,
Tu cherches vainement à souder ses secrets.
C'est par amour pour moi, que tu maître inflexible,
Tu veux, audacieux, déchirer les décrets.

Les yeux du docteur et de madame Anderstein ne quittaient pas le malade, qui avait tressailli aux premières mesures et dont les prunelles se dilataient démesurément.

Les deux jeunes gens continuaient. Tout en

chantant, ils avaient deviné l'effet produit sur le malade, l'importance de leur mission doublait leurs moyens, l'ensemble fut admirable.

A mesure qu'ils avançaient, Anderstein semblait revenir à lui. Enfin, aux dernières notes, des applaudissements, dont le docteur avait donné le signal, semblèrent le réveiller tout-à-fait.

Les domestiques n'y allaient pas de main morte et, malgré la gravité du moment, leurs bravos étaient sincères.

-- Qu'est-cela? dit Anderstein en se levant violemment.

— Cela, répondit le docteur, c'est le magnifique duo de ton opéra de Luther que, m'a-t-on dit, tu allais faire jouer bientôt.

— Jouer bientôt? demanda Anderstein en ouvrant ses grands yeux, jouer bientôt? Que veut dire ceci?

— Cela veut dire ce que ça dit.

— *Luther* n'est pas joué?

— Mais non.

— *Luther* n'a pas été joué? cria Anderstein d'une voix tonnante.

— Voyons, cher ami, rêves-tu? tu as un peu de fièvre, tu ronfles depuis hier comme un sabot, j'entre en passant, on me demande une ordonnance, j'imagine que le plus doux réveil d'un père c'est d'entendre chanter sa fille. Ces enfants qui s'ennuient à mourir approuvent „mes décrets.“

Ils chantent; les domestiques attirés par le

charme invincible de ta musique, viennent applaudir, comme les gondoliers de Venise applaudissaient les psaumes de Marcello qui, entre nous, avait moins de talent que toi; et voici que tu te réveilles et que tu nous joues une tragédie très... tragique à propos de ces choses les plus simples du monde.

Anderstein était stupéfait, on voyait qu'il cherchait à fouiller dans ses souvenirs; il regardait le docteur qu'il savait l'honneur même.

— Est-ce bien vrai, ce que tu viens de me dire? demanda-t-il.

— Depuis vingt ans, ami Anderstein, notre amitié a-t-elle été traversée par un mensonge? M'as-tu jamais entendu mentir?

— Jamais, répondit Anderstein; après un silence, il se redressa de nouveau: — Margat, dit-il à sa femme, qu'il appelait ainsi dans ses moments d'expansion, et aussi pour la distinguer de sa fille qui portait le même nom, — Margat, voilà bien longtemps que nous vivons au bras l'un de l'autre: tu as été une épouse modèle, une mère chrétienne; tu as été la joie de ma vie, eh bien! réponds-moi, ai-je jamais manqué à l'affection que je te devais? ai-je pendant une minute oublié mes devoirs d'homme et de mari?

— Jamais, jamais.

— Eh bien! au nom de tant d'amour, au nom de tant d'admiration et d'estime, jure-moi...

— Mon ami...

— Jure-moi, sur la mémoire de ton père mort, que mon opéra de *Luther* n'a pas été joué.

Mme Anderstein leva sa main droite, et s'appuyant de la gauche sur le bois du lit, elle dit d'une voix ferme :

— Sur la mémoire de mon père vénéré, qui me voit, m'entend et me jugera après Dieu, je jure que *Luther* n'a pas été joué.

Anderstein s'essuya le front et appela sa fille brusquement.

— Et toi, ma Marguerite bien-aimée, ange pur que j'ai volé au bon Dieu, jure sur ma vie que ta mère a dit vrai.

— Devant Dieu, dit la jeune fille, devant Dieu tout-puissant qui ordonne d'honorer ses père et mère, je jure sur ta vie qui m'est plus précieuse que tout au monde, que ma mère a dit vrai.

Sans que le malade l'eut demandé autrement que du regard, Bertalis s'avança et dit :

— Sur la reconnaissance que je dois à l'illustre maître qui m'a ouvert sa demeure, m'a fait de sa famille, moi qui n'avais plus de famille ; qui m'a enseigné son art et qui m'a aimé comme son fils, je jure que sa femme et sa fille bien-aimées ont fait un serment saint et sacré, et que Dieu les bénira.

— Oh ! mes amis, s'écria Anderstein en respirant avec force comme un homme soulagé d'un horrible fardeau, oh ! mes pauvres enfants, j'ai fait un affreux rêve : je croyais que j'étais fou.

———

## III

La convalescence d'Anderstein fut longue et difficile.

Pendant un mois et demi il garda le lit. La fièvre résistait à toutes les ordonnances et le système nerveux était fort ébranlé.

M. Lucien de Bertalis avait demandé comme une grâce de ne quitter son cher malade, ni la nuit, ni le jour.

Mme Anderstein avait refusé tout d'abord : son affection pour son mari était jalouse de la place que cet étranger était venu prendre sous le toit conjugal.

Bertalis s'était résigné avec chagrin...

Au bout de quelque temps la femme du compositeur remarqua que le malade paraissait constamment chercher son élève, et que sa présence le rassurait. C'était vrai : Anderstein était plus calme quand son disciple était près de lui.

Alors la tendre épouse n'hésita pas ; elle demanda au jeune homme le dévouement que deux ou trois jours avant elle avait refusé.

— Que vous êtes bonne et délicate, madame, vous avez compris mon chagrin, et vous faites semblant de me demander un service.

Il aurait fallu aller bien loin pour trouver un ami comme Bertalis. Pour son maître, il oublia le monde entier, amis, théâtres, maîtresses; il paraissait ne se souvenir de rien. A le voir, on aurait pensé qu'il était né dans la chambre du malade et qu'il n'en était jamais sorti.

A un regard, à un mouvement des lèvres, il devinait ce que le maître désirait. La nuit, il dormait sans doute, mais d'un sommeil si léger qu'un mouvement du maître l'éveillait aussi léger qu'il eût été.

Mme Anderstein entrait dix fois pendant la nuit, et jamais elle ne l'avait trouvé les yeux fermés. Étendu sur un divan, il dédaignait de prendre ces milles précautions qui rendent les garde-malades si détestables.

Lorsque le jour paraissait, il se trouvait peigné comme la veille, son col et ses manchettes étaient d'un blanc immaculé; souvent le malade, énervé, était brutal et injuste: lui, toujours calme, conservait son inaltérable douceur.

Un jour Anderstein prit la main de son élève, la mit dans celle de sa fille et dit à sa femme:

— Il me semble que j'ai deux enfants.

Marguerite avait rougi jusqu'au blanc des yeux. Mme Anderstein avait aussitôt regardé le jeune homme: son visage était resté impassible et doux. On aurait dit qu'on parlait d'une autre personne.

Un jour Mme Anderstein eut des remords. Elle s'assit auprès de la fenêtre et dit à Bertalis pendant que son mari dormait:

— Lucien, mon ami, j'ai une confession à vous faire et un pardon à vous demander.

— Je serai discret comme un prêtre, répondit Lucien en souriant, et je m'engage à pardonner sans imposer aucune pénitence.

— Ne riez pas, mon ami, ce que j'ai à vous avouer est si grave que bien que ce soit un devoir, il y a longtemps que j'hésite à le remplir.

— Oh! madame, me feriez-vous l'injure de douter de moi?

— Je n'en doute plus, mais j'en ai douté.

— Comment cela?

— Eh! le sais-je? La première fois que je vous vis, j'éprouvai pour vous une antipathie que je ne pouvais analyser.

— Oui, je comprends, il est des visages auxquels on ne peut se faire.

— Jugez si cette antipathie était grande, mon cher Lucien, puisqu'après tant de services, d'affection et de dévouement dépensés par vous pour mon pauvre Joseph, il m'en souvient encore.

— Et vous êtes étonnée, madame?

— Oui, mon ami.

— La chose est cependant bien simple.

— Expliquez-vous?

— Vous aimez votre mari d'une tendresse passionnée; vous êtes mariée depuis plus de vingt ans; il y a un mois à peine qu'il était encore votre amant. L'insipide cortége du mariage n'est pas entré chez vous; l'habitude, au lieu d'éteindre votre amour mutuel, le vivifiait; la vie commune n'a pas été monotone. Chaque jour des vertus nouvelles, des mérites inconnus, des délicatesses inédites vous apprenaient tout ce que vous valiez l'un et l'autre, et votre tendresse se rajeunissait de vos étonnements.

— Oui, c'est cela, vous dites vrai.

— Je ne vous parle pas de cette gloire honnête et grande que le maître grandissait chaque jour. Je ne vous parle pas des joies sans pareilles que vous avez du éprouver lorsque vous entendiez dire: „C'est la femme d'Anderstein,“ c'est-à-dire la compagne aimée, la moitié d'un des grands génies de nos temps.

— Vous devinez tout.

— Et remarquez que notre pauvre cher grand homme n'a jamais paru s'apercevoir avec vous qu'il était grand. Vous le traitez comme un enfant gâté, et lui remercie le Ciel de lui avoir donné une femme qui était pour lui l'amante la plus dévouée et la mère la plus attentive.

— Oh! mon ami, vous voulez doubler mes regrets?

— Non, non, madame, ce que je vous dis là, je l'avais deviné bien avant que le maître ne l'eût dit lui-même.

— Quoi! mon pauvre Joseph vous disait tout cela?

— Oui, madame, souvent: j'ai pensé quelquefois que le maître revenait sur ce sujet afin de me consoler de votre aversion.

— Quoi, vous et lui vous étiez aperçus de mes injustes préventions?

— J'aime le maître comme vous l'aimez, et son affection pour moi n'a jamais été douteuse. Nous avions compris sans peine et sans nous expliquer.

— Et vous ne m'en voulez pas?

— Je savais que cette aversion disparaîtrait un jour ou l'autre, tant je mettrais de cœur, de dévouement et de respect à servir votre dieu.

— Oh! que vous êtes un grand cœur et que je suis heureuse d'avoir eu le courage de vous faire ce déplorable aveu. Vous me pardonnez, n'est-ce pas? Donnez-moi votre main.

Bertalis prit la main offerte, sans empressement et sans émotion, et la porta respectueusement à ses lèvres.

— Allons, dit madame Anderstein, donnez-moi votre bras et allons déjeuner.

Le soir du même jour Anderstein demanda à se lever; le docteur ayant dit que cela ne lui serait pas contraire, Bertalis lui passa sa robe de chambre et le conduisit à un fauteuil devant le feu.

Le malade avait voulu marcher seul, mais ses pas étaient chancelants. Bertalis l'avait pris sous le bras, tandis qu'il s'appuyait sur sa fille.

— Merci, chers soutiens, en vous voyant si bons, je ne crains plus la vieillesse, et, poursuivi par cette idée, il se mit à fredonner l'air de Jacob du *Joseph* de Méhul :

> Je ne regrette plus ma vieillesse,
> Il me reste encore un enfant.

— Mais il m'en reste deux, je suis plus heureux que Jacob : je suis, il est vrai, moins vieux que lui ; ma foi je n'en vaux guère mieux.

Je disais vrai, deux mois de maladie avaient brisé cette nature de fer.

La barbe longue avait grisonné, les cheveux gris avaient blanchi. Seuls les yeux bleus, plus brillants que jamais, sortaient de leur orbite. La peau était devenue pâle et maigre, on eût dit un vieillard courbé sous les sombres accablements des années et du malheur.

Depuis sa maladie, Anderstein parlait peu, sa mémoire paraissait l'avoir abandonné. Souvent on le voyait suivre une idée pendant des heures et l'abandonner subitement pour une autre qui n'avait, elle aussi, qu'un règne passager.

Le docteur avait bien recommandé d'éviter, autant que possible, qu'Anderstein s'absorbât dans une idée unique.

C'était la première fois que le maître chantonnait ; sa femme et son élève demeurèrent surpris et craintifs.

— Ah ! père, dit Marguerite, voilà que tu chantes, tu serais bientôt guéri.

— Je chante, quoi ? demanda le malade étonné.

— Mais l'air de Jacob.

— C'est vrai, belle musique cette musique française, c'est doux, simple et touchant.

Tout à coup, comme si un souvenir terrible s'était emparée du musicien, il se dressa comme mu par un ressort d'acier.

— Depuis combien de temps suis-je malade? demanda-t-il.

— Il y a deux mois, mon ami.

— Deux mois, deux mois, s'écria-t-il, ce n'est pas possible, et *Luther*, on a donc joué *Luther?*

La mère et la fille effrayées cherchaient à répondre, mais rien ne venait à leur pensée tant elles étaient troublées et tant elles craignaient une crise nouvelle.

— Maître, dit Bertalis en souriant, ne regardez pas ces dames avec vos beaux grands yeux furieux, s'il y a un coupable ici, c'est moi.

— Qu'as-tu fait, qu'as-tu fait ? cria Anderstein.

— J'ai, de mon autorité privée, décidé et ordonné que la représentation de *Luther* serait retardée jusqu'à votre guérison; j'ai eu tort, sans doute, mais je voulais que vous fussiez là.

— Que Dieu te bénisse, tu m'as fait une peur affreuse!

— Alors, vous ne me grondez pas ?

— Moi te gronder, brave et digne enfant, tu crois donc que je suis devenu fou ou que la fièvre rend ingrat? Moi te gronder, mais tu veux rire, je pense, ou me faire mettre en colère; moi gronder l'ami que le ciel m'a envoyé, car c'est le ciel qui t'a envoyé; vois-tu, il est des gens qui ne croient pas en Dieu, des esprits forts; je les plains. Quand ils seront malades, ils n'auront pour les soigner que des gardes-malades qui les brutaliseront, ou des domestiques qui guetteront leur dernier soupir pour les voler. Pour des amis comme toi, pour des anges comme les miens, qu'ils n'y comptent pas, m'entends-tu?

— Oui, maître.

— Que te disais-je? Je ne sais plus. — Il me semble que je perds la mémoire. Ah! j'y suis. Oui, c'est cela, tu disais, — je me souviens, — que tu n'avais pas voulu qu'on jouât *Luther* sans moi, et tu as eu raison, mon fils; n'aurais-tu fait que cela pour moi, je t'aimerais. C'est le plus grand service que tu pouvais me rendre, maintenant c'est moi qui suis ton obligé.

— Allons maître, dit Bertalis, qui voulait changer un sujet de conversation qui, à chaque instant, pouvait amener une crise, la chose est faite, n'en parlons plus.

— Parlons-en au contraire, mon fils; il faut que tu saches bien l'importance de la présence du compositeur. On dit que la musique est la langue universelle. Sept notes qu'on peut combiner à l'infini, suivant les règles connues et observées par tous les peuples civilisés, pourraient à la rigueur former une langue, c'est vrai, mais elle serait difficile à lire, je t'en réponds. Puis il y a un autre inconvénient; c'est qu'aucun peuple n'entend la musique de la même façon. Une vulgaire polka n'est pas la même jouée à Crémorne ou à Mabile. Jamais les Italiens ne chanteront bien *les Noces,* pas plus que les Allemands ne sauront interpréter *le Barbier*, je te le dis.

— Je comprends cela, dit Bertalis, qui faisait de vains efforts pour changer de conversation, cependant les Italiens...

— Oui, oui, ils sont bien organisés, mais tu vas voir comme j'ai raison. J'avais coutume dans ma jeunesse d'aller tous les ans voir un de mes oncles, herr major Haffel, qui, après sa retraite, avait obtenu le commandement de la prison militaire de Miden; un matin, après déjeuner, il me dit :

— Joseph, je vais, si vous voulez, vous régaler du chœur des prisonniers de *Fidélio,* chanté par mes hommes.

— Herr major, lui répondis-je, je vous sais gré de l'attention, mais je ne dois pas vous cacher que j'ai entendu ce morceau admirablement bien chanté sur tous les théâtres d'Allemagne.

— Moi aussi, me dit-il, mais on ne le chante bien qu'ici.

Je ne pus m'empêcher de sourire, mon oncle donna l'ordre aux détenus d'entonner le chœur.

Ah! mon ami, il y a vingt ans, et il me semble entendre encore : c'était merveilleux, je n'avais jamais entendu chanter ce chef-d'œuvre de cette façon, mais je sentis que c'était la bonne et je fus tout ému.

— Oui, oui, dit Mme Anderstein, on comprend que de pauvres détenus mettent plus d'âme que d'autres à pleurer la liberté.

— C'est ce que j'allais dire, fit Bertalis.

— Vous n'y êtes pas ; un air de bravoure peut être fort crânement enlevé par un lâche, et la liberté n'avait rien à voir là dedans. Les prisonniers de mon oncle auraient pu trouver l'expression, ils n'auraient trouvé ni le mouvement exact, ni le sentiment vrai ni les mille nuances qui ne s'écrivent pas et que le maître seul peut indiquer. J'étais tellement persuadé de cette vérité, que je demandai à mon oncle la permission, qu'il m'accorda, d'aller complimenter les détenus. Je demandai celui qui dirigeait les autres ; c'était un vieux musicien militaire, enfermé là pour ivrognerie et indiscipline :

— Mon ami, lui dis-je, permettez-moi de vous serrer la main, vous êtes un grand artiste.

— Non, me répondit le soldat, je ne suis qu'un simple joueur de clarinette ; mais j'ai eu, monsieur, l'insigne honneur de faire partie de l'orchestre du théâtre impérial de Vienne, et j'ai eu l'honneur encore plus grand d'entendre plusieurs fois le grand-maître faire répéter son chef-d'œuvre. Ainsi, vous le voyez, quelques traditions du maître conservées par un vieux soldat ivrogne l'emportaient sur l'intelligence de mille musiciens distingués. Ce même soldat m'a laissé les traditions de l'ouverture de *Coriolan*. Un jour, je ferai exécuter cette œuvre capitale et le monde artiste sera émerveillé comme s'il entendait un ouvrage nouveau. Voilà pourquoi je n'aurais pas voulu qu'on jouât *Luther* sans que je sois là. J'ai transcrit l'esprit, la fougue, la fureur, l'esprit de révolte, le cœur du réformateur; mais moi seul ai son âme cachée dans ma pensée.

Après cette longue tirade, Anderstein fatigué s'endormit sans efforts, son sommeil fut calme et paisible.

Le docteur Judet, à qui l'on raconta ce qui venait de se passer, fut content de voir la lucidité reparaître dans le cerveau du malade. Il déclara cependant que les plus grands ménagements étaient nécessaires.

— Voici les beaux jours, dit-il, il faut conduire Anderstein à la campagne, veiller avec soin qu'il ne parle à personne et qu'il n'ait aucune relation avec le dehors. Quand il sera complétement rétabli, il faudrait, cela vous regarde, madame, lui annoncer la chute de *Luther* avec toutes les précautions que vous emploieriez pour annoncer à une mère la mort de son enfant préféré.

— Pourquoi lui apprendre cela, demanda Bertalis; ne le saura-t-il pas un jour ou l'autre? Autant vaut-il attendre le plus tard possible.

— Non, répondit le docteur, s'il l'apprenait d'une façon brusque, je ne répondrais ni de sa raison ni de sa vie.

Le soir en se couchant, Marguerite alla, suivant son habitude, embrasser sa mère.

— Maman, lui dit-elle, as-tu remarqué une chose étrange? papa, qui n'a jamais tutoyé que nous deux au monde et le docteur Judet, et encore parce qu'il sait qu'en nous disant *vous* il nous ferait de la peine; as-tu remarqué que pendant toute la journée il a tutoyé M. de Bertalis?

— J'ai remarqué cela, mais ça ne m'a pas étonnée; ton père, qui tout malade qu'il a été, a compris le dévouement sublime de ce jeune homme. a désiré lui donner une grande preuve d'amitié que Lucien est trop délicat pour ne pas avoir appréciée à sa juste valeur.

— Et as-tu remarqué, petite mère, qu'à deux ou trois reprises différentes il l'a appelé *mon fils!*

— J'ai remarqué cela aussi, dit la bonne mère, j'ai été enchantée.

— Ah!

— Oui. Et toi?

— Moi, répondit la jeune fille, moi, je ne sais pas. Et comme à cette réponse, bien peu compromettante pourtant, elle se sentit rougir, elle cacha son doux visage dans le sein de sa mère. Mme Anderstein feignit de ne pas voir son trouble.

Huit jours après, la famille émigra à la Panavière.

Anderstein allait de mieux en mieux, le voyage accompli en voiture parut lui plaire et l'égayer.

La Panavière était restée telle que le bon grand-père l'avait créée et mise au monde. Sa vieillesse lui donnait un charme véritable.

On a tant abusé des chalets, des tourelles et des maisons Louis XIII, mi-partie briques et pierres de taille, que ce n'est pas sans émotion que l'œil se repose sur une brave maison blanche toute simple, couverte en tuiles et ornée de contrevents verts.

La vieillesse qui ravage l'homme donne une physionomie aimable aux demeures d'autrefois. La Panavière était enfouie dans les magnifiques arbres que la mère de Marguerite se souvenait d'avoir vu tout petits. Le lierre que le grand-père Panavier avait planté derrière la maison avait fini par grimper sur le toit et par en redescendre. Ce qui donnait un air tout pittoresque à cette modeste demeure, qui semblait sortir des feuillages verts, comme Vénus sortit des flots.

L'esprit allemand du grand musicien ne fut pas insensible à ces beautés rustiques. Pendant sa maladie, sa mémoire s'était fort affaiblie, si bien que par moment il croyait avoir réalisé son plus doux rêve et s'être retiré dans un coin isolé de la verte Allemagne.

Les ordres les plus rigoureux avaient été donnés aux domestiques pour empêcher les étrangers d'entrer dans la maison.

Cette consigne était bien inutile. A Paris, quelques rares personnes qui avaient été en relation avec le compositeur, ses confrères et le personnel des deux opéras, venaient de temps en temps s'inscrire chez lui et prendre de ses nouvelles; mais quand il fallut faire douze lieues, aller et retour, on y regarde à deux fois; chacun a ses affaires.

Un matin qu'Anderstein et sa femme causaient à la fenêtre de la salle à manger, l'auteur des *Baisers volés* se prit à sourire.

Mme Anderstein éprouva une joie folle en remarquant ce sourire, qu'elle n'avait pas vu depuis bien des mois. Elle allait appeler sa fille et Bertalis, qui étaient dans le jardin, quand son mari l'arrêta.

— Ne les trouble pas, dit-il, ce serait dommage.

C'eût été dommage, en effet. Marguerite dévastait le jardin; elle cueillait indistinctement des roses, des anthémis, des dahlias nains, tout ce qui lui tombait sous la main, et de ses doigts mignons elle effeuillait toutes ses fleurs avec une cruauté rieuse.

— Mais ce ne sont pas des marguerites, disait Lucien; que voulez-vous qu'elles vous disent?

— Je sais ce que pense la marguerite, répondait la jeune fille; en qualité de confrère, elle m'a livré son secret.

— Les autres fleurs ont donc aussi des secrets.

— C'est probable.

— Vous les ont-elles dit aussi quelques-fois?

— Oui, mais je n'ai pas confiance dans les fleurs si belles.

— Pourquoi?

— Je vous le dirai un jour.

— Quand?

— Quand je le saurai, et la jeune fille s'en allait en riant arracher d'autres tiges.

— Ces enfants s'aiment, je pense, dit Anderstein.

— Je m'en suis aperçue depuis longtemps.

— Et qu'as-tu décidé, mère attentive?

— J'attendais ton rétablissement complet pour prendre une décision.

— J'ai bien peur que tu aies attendu trop longtemps.

— J'en ai peur aussi.

— Je connais Marguerite, c'est une nature exquise, mais fragile: un chagrin la tuerait.

— Pourquoi la chagriner?

— Il me souvient de tes répugnances pour Bertalis.

— Depuis que j'ai su l'apprécier, mes répugnances se sont effacées, je lui ai demandé pardon.

— Toi!

— Moi, mon ami.

— En ce cas, je n'ai plus rien à dire, sinon

que je serais heureux que ce garçon soit de ma famille. Depuis cinq ans je l'étudie. Nul n'est meilleur et plus loyal que lui.

— Une chose m'inquiète, c'est cette délicatesse même. Lucien est pauvre, il n'osera jamais te demander la main de ta fille.

— Je le sais, aussi la lui offrirai-je.

Le même soir Anderstein prit son élève sous le bras et l'entraîna au fond du jardin. Bertalis était habitué à aller après le dîner s'asseoir et causer avec le maître. Dans une campagne retirée, les événements sont rares et la conversation finit toujours par reposer sur un point unique. Ce point est généralement le sujet qui intéresse le plus les hôtes. Les commerçants causent commerce, les banquiers s'entretiennent de finances, les artistes parlent d'art.

Lucien, en garçon habile, cherchait à diriger la conversation au profit de son instruction musicale, ce qui plaisait beaucoup à Anderstein qui ne se lassait pas de parler des grands maîtres et d'apprécier leurs procédés. Quand par aventure la causerie languissait, Lucien n'avait qu'à prononcer le nom d'Haydn ou de Haendel pour la ranimer.

Ce soir-là, Anderstein semblait se recueillir, mais Bertalis ne s'en apercevait pas. Il prit les réflexions du maître pour une lassitude de son cerveau frappé.

— Ainsi, dit-il, vous persévérez, cher maître,

à placer Haas au-dessus de Haendel, et Haydn au-dessus de ces deux grands compositeurs.

— L'homme qui a eu l'idée d'écrire la *Création* est au-dessus de tout le monde, dit Anderstein, rappelle-toi de cela; mais, pour aujourd'hui, il ne s'agit pas de cela.

— Ah! fit Bertalis en souriant, et de quoi s'agit-il?

— Du bonheur de ma belle petite Marguerite, de mon plus doux trésor.

— Ah! et comment cela? demanda le jeune homme avec émotion.

— Marguerite aura bientôt dix-huit ans.

— A peine en a-t-elle dix-sept.

— C'est bien ça, mon ami, à peine a-t-on dix-sept ans qu'on va en avoir dix-huit; c'est fâcheux, mais c'est ainsi.

— Comme le temps passe vite.

— On dit cela et on passe sa vie à s'ennuyer.

— Marguerite sait-elle tes projets?

— Elle ne s'en doute pas.

— Et vous avez disposé d'elle sans l'interroger?

— Ma femme et moi avons eu cette audace, nous blâmerais-tu?

— Je n'ai le droit ni de vous approuver, ni de vous blâmer; vous me faites une confidence, je vous fais part de mes impressions, voilà tout.

— C'est justement tes impressions que je veux.

— Ai-je l'honneur de connaître l'homme qui

a été assez heureux pour mériter tant de bonheur? demanda Lucien avec tant de calme, qu'Anderstein eut peur de s'être trompé.

— Mais oui, je pense que tu dois le connaître, dit-il, c'est un digne et aimable garçon à qui je la destine depuis longtemps.

— Vous savez ce que vous faites, maître; madame Anderstein est le modèle des mères et la sagesse même, mais permettez-moi d'insister; Marguerite est encore bien jeune; d'ailleurs, dans l'état de santé où vous êtes, pourrez-vous vous décider volontiers à vous séparer d'elle?

— Marguerite est jeune, j'en conviens, mais c'est justement mon état de santé qui me fait hâter ce mariage. Si j'étais mort, il s'en est fallu de peu, qui aurait protégé cette enfant? qui aurait aidé ma pauvre femme à supporter sa douleur?

— Moi, maître, moi qui vous dois tant.

Le jeune homme avait redressé la tête; il y avait dans toute sa personne une nuance de dignité blessée qui fit chanter le cœur du pauvre musicien.

— Aussi, mon fils, dit-il avec un doux sourire, c'est toi que j'ai choisi pour être l'époux de Marguerite.

— Moi, moi, maître, moi! oh! vous n'y pensez pas? Bertalis s'appuya contre un arbre, en proie à une vive émotion.

— Eh morbleu! J'y pense, reprit le compositeur, ne t'es-tu pas aperçu que depuis ma maladie ou plutôt depuis ma guérison, je t'appelais mon fils? Crois-tu donc que, parce que je ne te remerciais pas de ton dévouement pour moi, j'étais un ingrat, et crois-tu aussi, monsieur le drôle, que nous ne nous apercevions pas de votre manège? Margat! cria Anderstein en apercevant sa femme à quelques pas de lui, viens donc ici dire à maître Bertalis que si nous sommes muets, nous ne sommes pas aveugles.

— Les mères ont toujours de bons yeux, dit en souriant l'excellente femme.

— Madame, dit Lucien, et vous, mon cher maître, permettez-moi de vous dire que vous vous trompez.

— Que veux-tu dire?

— J'aime Marguerite, oh! je l'aime de toute mon âme, comment cela est-il venu, je l'ignore? Je ne me suis pas méfié, je l'avais vue presque enfant et je l'adorais pour ses grâces naturelles et aussi pour l'amour de vous. Je jouais avec elle comme avec un enfant, il y a six mois à peine. Puis un jour j'ai compris combien je l'aimais. Je vous jure sur mon honneur que je voulus fuir votre maison. J'aurais puisé des forces dans le souvenir de vos bontés pour moi. Vous êtes devenu malade, vous aviez besoin de moi, la reconnaissance l'a emporté; je suis resté.

— Brave et digne garçon!

— Mais maintenant que je me suis confessé, permettez-moi d'atténuer un tort involontaire et de vous jurer que jamais un mot, un geste, un regard de moi n'ont pu faire supposer à Marguerite que je l'aimais.

— Nous savons cela, mon cher Lucien, dit Mme Anderstein; nous savons aussi que vous auriez sacrifié tout rêve de bonheur plutôt que de devoir ce bonheur à une déloyauté.

— C'est vrai, madame.

— Où voyez-vous de la déloyauté là dedans? demanda Anderstein.

— Vous m'aviez ouvert votre maison, à moi que vous ne connaissiez pas; vous m'avez comblé de toute façon en me donnant des conseils inestimables, et, plus que cela encore, votre amitié; et j'aurais profité de cette amitié, de cette confiance pour tâcher de me faire aimer de votre fille, moi qui n'ai pas de fortune et qui sens bien que je pourrai devenir un musicien estimable, mais jamais un grand artiste. Oh! c'eût été une bien vilaine action, et si l'idée de la commettre m'était venue, je n'aurais vraiment pas été digne de votre amitié.

— Bien, mon garçon: plus je t'entends et plus je suis heureux de te voir aimer ma fille. La fortune me touche peu. Je vois avec plaisir que tu te connais, cela prouve une nature d'élite. C'est vrai, tu ne seras jamais un grand artiste, l'idée et l'inspiration te manquent; mais tu pourras, quand tu voudras, être un grand professeur ou un remarquable critique. Tel que tu es, tu me plais, il n'est pas besoin d'avoir la tête de plus que les autres hommes pour rendre une femme heureuse. Donne-moi ta main : à partir d'aujourd'hui tu es réellement mon fils.

— Et je suis votre mère, dit Mme Anderstein.

— Mais, dit Lucien, les yeux remplis de larmes, croyez-vous que Marguerite pourra m'aimer ?

— Elle vous aime.

— Je ne puis le croire.

— Une mère ne se trompe pas.

— Demande-lui toi-même, dit Anderstein, tu es assez grand pour faire ta déclaration toi-même.

— Je n'oserai jamais.

— Eh bien ! reprit Mme Anderstein, je vais vous en donner la preuve. Dites à Marguerite que des affaires de famille, un parent malade, une nécessité quelconque, enfin, vous force de nous quitter pour toujours : vous verrez si elle vous aime. Venez.

— Oui, fit Anderstein, allons. Nous allons rire, la petite comédie va être amusante et sentimentale.

Bertalis arrêta ses deux bienfaiteurs.

— Maître, dit-il, et vous, madame, pardonnez un scrupule absurde.

— Qu'est-ce encore ?

— Je n'ai jamais menti, et je ne saurais jouer mon rôle dans cette comédie ; j'aime d'ailleurs trop Marguerite pour devoir mon bonheur à un mensonge.

Anderstein prit la tête du jeune homme et l'embrassa lentement sur les deux joues.

— Mon fils, dit-il, mon cher fils, tu vaux encore mieux que je ne pensais.

— Allons, reprit gaiement Mme Anderstein, voilà que nous tournons au drame : puisque vous ne voulez pas mentir, je vais faire le mensonge pour vous. J'ai la conscience large ; puisque je mens pour autrui, Dieu ne saurait mettre cela à mon compte.

En rentrant au salon, Mme Anderstein dit à sa fille :

— Marguerite, ma chère bien-aimée, tu nous vois bien tristes, ton père et moi.

— Pourquoi ? demanda la jeune fille avec inquiétude.

— Parce que le vieux parent qui a élevé M. de Bertalis le rappelle près de lui ; il est fort malade. Lucien veut faire son devoir.

— Il a raison, dit Marguerite.

— Il va partir demain.

— Allez, monsieur, reprit la jeune fille, que Dieu conserve ceux qui vous ont aimé. Nous prierons Dieu pour votre cher malade et pour vous jusqu'à votre retour.

— Ah ! voilà, fit Mme Anderstein, que tu fais une promesse qui nous engagera longtemps.

— Comment cela ?

— Lucien ne reviendra plus.

— Pourquoi? demanda Marguerite. Elle était devenue si pâle en faisant cette demande que sa mère n'osa lui répondre; mais son père qui, de l'endroit où il était placé, n'apercevait pas la figure livide, répondit moitié sérieusement, moitié raillant:

— Mais parce que son oncle a une fille, une belle fille comme toi, elle a vingt ans, et tu comprends.

— Quoi? non, je ne comprends pas?

— Eh bien! mais, il paraît qu'ils sont fiancés.

Marguerite se leva, voulut parler, mais ce fut un cri navrant qui sortit de sa gorge, et elle tomba évanouie dans les bras de sa mère.

Un mois après, le curé de Brunoy bénissait les deux jeunes gens dans sa jolie petite église.

Ce même curé avait marié Anderstein et Mlle Panavier, il y avait juste vingt-trois ans. Dans son sermon, il rappela cette singularité et trouva dans ce rapprochement des choses aimables et touchantes qu'il dit avec la douce éloquence des bons prêtres. Tout le monde pleurait, ce qui prouvait bien que tout le monde était heureux.

Au sortir de la messe on se mit à table.

Le couvert avait été mis dans le jardin au milieu d'une belle allée de tilleuls.

C'était vers la mi-juin, le ciel était bleu comme une robe de bal, les fleurs embaumaient l'espace de leurs douces senteurs, et les oiseaux chantaient juste comme s'ils avaient compris qu'ils étaient seuls chargés de la partie musicale de la petite fête donnée chez un des plus grands musiciens du monde.

Jamais repas ne fut plus simple et plus charmant. Anderstein, quoique faible encore, marchait rapidement vers la santé; sauf quelques crises nerveuses, il ne souffrait plus. Sa grande figure pâle et douce s'illuminait au bonheur de sa fille. Madame Anderstein faisait les honneurs de la Panavière avec une grâce charmante.

Les témoins de la mariée étaient deux poëtes, vieux amis de son père, que les tristesses du logis n'avaient pu éloigner, l'un était Léon Gozlan, qui est mort emportant avec lui dans la terre la moitié de ce qu'il y avait en France d'esprit et de finesse; l'autre, que je ne nommerai pas parce qu'il vit encore et qu'il vivra longtemps, est un charmant esprit, causeur aimable, qui porte partout où il va des mots plein ses poches et des contes sans prétention, parce qu'ils ignorent leur valeur.

Du côté du marié, c'était le docteur Judet, que le lecteur a déjà vu dans ce récit, et libre penseur ami de Bertalis nommé Simon Peyrelade.

Mais, voyez comme lorsque le malheur s'abat sur une maison, il est difficile à déloger! Il y avait à peine un mois que la belle Marguerite, encore toute étonnée d'être madame, était mariée, qu'il revint fondre de nouveau sur cette honnête famille si éprouvée depuis quelques temps.

Quand le voyageur mouillé, abrité sous un arbre, voit luire au ciel un rayon de soleil, il reprend son bâton et continue sa route avec confiance comme s'il ne devait plus pleuvoir.

Les Anderstein avaient imité ce voyageur. A peine l'orage avait-il cessé, qu'ils s'étaient mis à vivre dans la plus douce quiétude, comme s'il n'y avait plus de nuages au ciel.

Pauvres gens! leur bonheur tenait à un fil, qui fut rompu par une cause bien futile.

Un jour que le docteur Judet était venu voir ses amis, Mme Anderstein lui demanda s'il n'était pas temps, maintenant que son mari était bien portant et heureux, de le préparer tout doucement à apprendre la triste fin de Luther.

— Gardez-vous de cela, lui avait répondu le savant homme; Anderstein n'est pas guéri, son cerveau est encore très-faible; d'ailleurs vous ne reviendrez à Paris qu'en octobre, nous avons le temps.

Comme il achevait sa phrase, un cri horrible remplit la maison et l'on entendit la chute d'un corps lourd à l'étage supérieur.

— Mon mari! c'est mon mari qui vient de crier ainsi, dit Mme Anderstein en s'élançant vers l'escalier suivi du docteur.

— Hélas! elle avait raison, c'était en effet le maestro qui gisait sur le plancher. En tombant il s'était brisé la tête; il était littéralement couché sur une mare de sang dont les reflets rougeâtres rendaient sa pâleur plus effroyable encore.

Mme Anderstein tomba à genoux.

Les deux jeunes mariés qui étaient accourus en entendant le lugubre cri, restaient pétrifiés sur le seuil de la porte. Seul le docteur, ému, mais calme, conservait son sang-froid.

— Aidez-moi, dit-il à Bertalis.

Le jeune marié s'avança et d'une main défaillante il déposa son beau-père sur le lit.

Le docteur examina son ami, et dit :

— Mes amis, ne vous alarmez pas, cela ne sera rien.

— Que Dieu soit loué, dit madame Anderstein, qui, toujours à genoux, s'était traînée vers le lit du malade.

Après un nouvel examen, le docteur parut fort préoccupé.

— Oh! vous augurez mal? lui demanda la femme du maestro.

— Non, j'espère même que ce ne sera rien, mais il a éprouvé, il a dû éprouver une forte émotion et je me demande ce qui a pu la causer?

— Ça, ça! s'écria madame Anderstein, en ramassant sur le plancher trois choses qui traînaient dans le sang : une ficelle, un livre et un journal.

— Quel est ce livre? demanda le docteur.

— *La musique chez les anciens*, répondit Marguerite.

— Ce n'est pas cela qui a pu l'irriter, fit le médecin; bien sûr, il doit y avoir autre chose.

Mme Anderstein s'était précipitée sur le journal. Elle avait toutes les peines du monde à lire ce qu'il contenait, parce qu'il était couvert de taches sanglantes, et que ses yeux étaient obscurcis par les larmes. Mais elle comprenait instinctivement que ce journal était la cause de tout le mal.

— Oh! mon Dieu! disait-elle, moi qui avais tant défendu à tout le monde de laisser un journal pénétrer dans la maison!

La pauvre femme avait raison. C'était à la lecture de ce journal qu'Anderstein était tombé foudroyé. Ce journal était daté du 8 janvier et contenait un compte-rendu de la première représentation de *Luther* par un critique fort apprécié alors, parce qu'inévitablement il déchirait tout le monde et se faisait un malin plaisir de répandre l'amertume dans l'âme d'autrui.

Ils sont communs, ces fruits secs qui se donnent pour métier de juger les autres: âmes viles, qui ignorent le travail et qui, Dieu leur ayant refusé le don de créer, tombent à bras raccourcis sur tout ce qui a une valeur.

Le talent des autres les agace;

Le mérite les irrite;

Le génie les exaspère.

Qu'est-ce que cela leur fait à ces gens qu'un homme ait mis deux ans de sa vie à créer une œuvre, trois à la faire représenter? que leur importe que derrière ce sublime effort il y ait une famille malheureuse? Est-ce que les loups ont des familles? Que leur importe le passé glorieux des vaincus? est-ce qu'ils ont un passé, eux? Est-ce qu'ils ont un avenir?

Aussi ce serait vraiment trop beau si un auteur, après avoir été hué et conspué par une foule stupide pour laquelle il a passé cent nuits en efforts gigantesques, si un auteur, dis-je, en était quitte à si bon marché.

Non, pendant un mois, il faut que des drôles de la pire espèce viennent publiquement lui cracher à la face.

Et il faut que l'infortuné s'incline et avale en silence ces turpitudes à deux sous la ligne.

Oui, tandis que les Gautier, les Sarcey, les Saint-Victor et quelques autres hommes de talent et d'honnêteté se taisent ou capitonnent leur plume, une avalanche de grotesques de lettres se ruent sans pitié sur le pauvre vaincu.

Anderstein avait ouvert un paquet qui lui était adressé. Ce paquet contenait un livre qui était enveloppé dans un vieux journal.

Depuis longtemps déjà le maestro n'avait lu aucune feuille publique; sa femme les cachait avec soin. Par malheur, sa curiosité avait été excitée par son nom écrit en toutes lettres, et il avait lu.

Il avait lu, le malheureux, le plus ignoble morceau de littérature que l'on puisse imaginer;

et c'est ainsi qu'il avait appris le pieux mensonge des siens et la chute de son œuvre de prédilection.

Il était tombé raide.

— Je veux savoir d'où vient ce livre, s'écria Mme Anderstein; si celui qui l'a enveloppé dans ce journal a voulu se venger, je veux savoir ce qu'on lui a fait.

Si cet envoi est une plaisanterie, elle est bien ignoble.

Si on a voulu tuer mon pauvre Joseph, je veux connaître son meurtrier.

— Hélas! dit Marguerite, ce n'est ni une vengeance ni un crime, c'est une fatalité; la personne qui a donné ce livre à mon père, qui le lui avait demandé, est le meilleur ami de Lucien, c'est notre cher témoin, M. Edmond Peyrelade.

Contre toutes les prévisions, Anderstein sortit de cette pénible crise et bien plus tôt qu'on aurait pu le supposer.

Son corps grêle, mais nerveux, avait résisté, mais son cerveau succomba.

Même chez les plus vastes intelligences, il n'est pas rare que la matière ne l'emporte.

— Il vivra, dit le docteur, mais peut-être vaudrait-il mieux pour lui qu'il fût mort.

La désolation des siens fut extrême. Mme Anderstein ne put supporter ce nouveau coup, elle tomba gravement malade.

Marguerite, au désespoir, allait d'un lit à l'autre,

comme si, dans sa douleur, elle eût voulu donner à chacun une part égale de larmes.

Bertalis, comme toujours, fit face à l'orage avec un calme et un dévouement qui ne se démentirent jamais ; il était admirable.

Les amis qui s'étaient retirés devant un tel désastre, revinrent en foule apporter leurs sympathies à ces grandes infortunes.

Il devint de bon goût sur le boulevard de se demander des nouvelles d'Anderstein.

Quand on fut bien sûr qu'il n'avait plus sa raison et que les médecins l'avaient condamné, ses plus cruels ennemis tombèrent d'accord qu'après Meyerbeer et Rossini c'était le plus grand génie du siècle.

Pendant vingt ans on avait assommé Anderstein à coups d'Auber, maintenant qu'il était plus que mort, tout le monde disait que l'auteur des *Baisers volés* serait devenu bien supérieur à l'auteur du *Domino noir*.

A Paris, les grandes haines et les grandes sympathies durent huit jours, ce qui est énorme si l'on veut bien penser que les gens ont tant de choses à faire.

Il faut encore que l'humanité soit foncièrement bonne pour que, dans la fourmilière parisienne où tout le monde est occupé du matin au soir, les uns à jeter leur argent par les fenêtres, les autres à le ramasser, la plupart à gagner le pain quotidien ou à voler le pain des autres, tant d'hommes qui travaillent, pensent et dérobent du matin au soir, trouvent encore huit jours pour plaindre une grande douleur ou pour rire d'une petite infortune.

On oublia Anderstein comme on a oublié tant de choses.

Les artistes entre eux parlaient quelquefois de lui, ou plutôt de l'admirable dévouement de Bertalis son gendre.

En effet, rien n'était plus admirable que la conduite de cet homme encore tout jeune qui, pendant quatre ans, renonça à tous les plaisirs, à toutes les gloires.

Il ne sortait que pour aller faire la classe de son beau-père au Conservatoire, ou pour promener le malheureux musicien.

Toutes les fois qu'il faisait beau temps, les habitués des Tuileries voyaient arriver le pauvre fou que son gendre conduisait par le bras.

Ceux qui ne les connaissaient pas regardaient avec respect ce jeune homme conduisant avec une tendresse maternelle un veillard silencieux.

Anderstein avait blanchi entièrement, les rides du désespoir avaient sillonné son front ; ses yeux, toujours vifs, immobiles et vitreux n'illuminaient plus sa grande figure pâle et maigre. Cet homme, jeune encore, avait cent ans. Les gamins du jardin l'appelaient le vieux Paganini, nom qui dépeignait mieux qu'un poëme l'apparence fantastique du malheureux maestro.

La folie d'Anderstein était douce et tranquille : elle consistait à ne pas reconnaître ses anciens amis, ce qui était presque de la sagesse, et à croire qu'il allait faire jouer bientôt un opéra qui déplacerait la lumière de l'art; un opéra unique, un opéra étrange qui laisserait bien loin tous les opéras connus.

— Vois-tu, disait-il à son gendre, le grand malheur des musiciens c'est qu'ils sont obligés d'illustrer la muse d'autrui. Pour faire de la belle et grande musique, disait-il, il faut avant tout être poëte.

— Mais, père, lui disait doucement Bertalis, vous n'avez jamais su faire un vers.

— C'est là qu'a été mon tort : maintenant je le sais; j'ai appris dans une nuit. Quand je vais avoir fini le plan de mon opéra, je te lirai.

Un matin, son gendre et sa fille entrèrent dans sa chambre, ils le trouvèrent pris d'une gaieté folle.

— J'ai trouvé! j'ai trouvé! criait-il, mon opéra est là! et il se frappait le front. Ah! ce sera beau, je vous en réponds!

— Mon ami, disait sa femme, repose-toi; plus tard, tu travailleras.

— La gloire n'attend personne, femme; ne vous occupez pas de moi, je vous en prie.

Sa fille s'unissait à Mme Anderstein; les deux femmes insistèrent tellement pour un repos absolu, que le jeune vieillard céda à leurs instances et promit de ne pas travailler jusqu'à sa guérison.

— Nos femmes sont étranges, dit-il à Bertalis qu'il prit à part, elles veulent à toute force que je sois malade ; je suis plus fort que je ne l'ai jamais été. N'est-ce pas ton avis ?

— Sans doute.

— Eh bien ! écoute, je suis bien décidé à ne rien dire à personne et à faire mon opéra dans l'ombre, qu'en penses-tu ?

— Vous agirez sagement.

— Je vais d'ailleurs te confier un secret, mais jure-moi de n'en rien dire.

— Je vous le jure.

— Eh bien, chaque nuit je cause avec Mozart, Beethoven et beaucoup d'autres grands maîtres ; ils m'ont fait comprendre que je ne savais rien. J'ai été d'abord très-affligé. Quand ils m'ont vu si triste, ils m'ont dévoilé leurs secrets ; maintenant, je suis plus fort qu'eux.

— Vraiment ?

— Oui, et quand je mourrai, je te dévoilerai ces secrets, à toi mon cher fils.

— Cher maître, que vous êtes bon, répondit Bertalis ; son caractère et les prescriptions des médecins lui faisaient un devoir de ne jamais contredire son maître.

Chaque jour c'étaient de nouvelles divagations.

— Pauvre garçon, disait quelquefois Anderstein à son gendre, quand je pense que pendant longtemps, j'ai cru que tu ne ferais rien, parce que tu n'avais pas l'inspiration! C'était absurde, l'inspiration, tout le monde l'a; ce que tout le monde n'a pas, ce sont les secrets des maîtres qui sont là haut, je te les donnerai. Mais patiente un peu, car je leur ai juré de ne te les confier qu'à ma mort. Figure-toi qu'ils ne voulaient pas, mais je les ai tant priés, si tu savais?

— Oh! je vous crois.

— Je leur disais: O maîtres immortels, M. de Bertalis est mon gendre, mon fils même. J'ai traversé d'affreuses infortunes et il était toujours près de moi, tantôt à mon chevet comme une sœur de charité, tantôt couché aux pieds de mon lit comme un chien fidèle. Oh! maîtres! chers et doux maîtres! vous voyez bien que je lui dois mon héritage.

— Vous leur avez dit cela?

— Oui, mon enfant.

— Que c'est bien à vous.

— Ils ont compris, ces chers esprits, et ils m'ont dit: Fais ainsi que tu le désires, et je le ferai.

Sous l'empire de ces idées extravagantes, le peu de raison qui restait à celui qui avait été un grand homme ne tarda pas à disparaître.

Il parlait peu ou pas. Pendant plusieurs semaines, il ne prononça pas un mot. Quand on le pressait par trop de parler, il mettait mystérieusement un doigt sur sa bouche pour signifier le silence.

— Chut! disait-il tout bas, je suis avec *elle*, ne me dérangez pas.

Et jamais on n'avait pu savoir qui était *elle*.

Mme de Bertalis accoucha heureusement au milieu de toutes ces tristesses. Sa mère eut un rayon d'espoir. Elle prit l'enfant et l'apporta à Anderstein.

— Voici l'enfant de ta fille, dit-elle en lui présentant la douce créature.

— Qu'est-ce que c'est? demanda le musicien étonné.

— Un garçon, répondit sa femme, qui se méprit à sa demande.

— Ah! c'est un garçon.

— Oui, le fils de ton cher Bertalis.

— Ah! Bertalis a un fils.

— Oui, mon Joseph, un fils qui est tout ton portrait.

— Ah! en combien d'actes est-il?

La pauvre femme se mit à pleurer amèrement.

— Ne renouvelez plus de semblables expériences, lui dit le docteur, ce serait cruel pour vous et inutile pour lui; sa raison est à jamais perdue.

Un nouveau ministre arriva, il voulut signaler son avénement par une bonne action, il fit mander Bertalis.

— Monsieur, lui dit-il, je sais les soins pieux

qui vous occupent, et pour ne vous en point divertir, je vous annonce que je vous ai fait donner à l'Opéra et à l'Opéra-Comique un tour de faveur pour faire jouer, quand vous le jugerez convenable, telle œuvre qui vous plaira.

— Votre Excellence me comble, répondit le gendre d'Anderstein, j'ai plusieurs œuvres en portefeuille; mais je ne les ferai pas jouer de peur de rappeler à ma belle-mère, la femme de mon bienfaiteur et maître, des souvenirs pénibles.

— Vous êtes, monsieur, un galant homme dans la belle acception du mot, dit le ministre; et vos débuts et votre manière de professer prouvent un grand talent; je suis donc doublement heureux de vous annoncer, que sur ma demande, notre souverain vient de vous nommer chevalier de la Légion d'honneur.

— Je vous remercie, monsieur le ministre, je vous remercie du fond de mon cœur; je voudrais pouvoir être joyeux, pourquoi faut-il que mon pauvre maître ne puisse comprendre l'insigne honneur qui m'arrive et que je lui dois?

— Vous le devez aussi à votre talent et à vos hautes vertus, monsieur.

— Hélas! répondit Bertalis, je le répète à Votre Excellence, je dois le peu de talent que j'ai à ses leçons, les vertus que vous me supposez à ses exemples.

Le ministre, remué jusqu'au fond de l'âme, congédia le nouveau chevalier.

— Allez vite porter la bonne nouvelle, et comme Bertalis s'éloignait il murmura : Quelle admirable nature, quel cœur !

La maison de la rue de la Pépinière eut un pâle rayon de bonheur.

— Père, s'écria la femme de Bertalis, Lucien est décoré.

— Décoré ? demanda le fou, décoré ? Je ne sais pas ce que cela veut dire.

— Il a la croix.

— Il a la croix ?

— Oui.

— Que veux-tu, mon enfant, répondit Anderstein, ici-bas chacun gravit son Calvaire.

La presse entière d'accord, — pour une fois, — félicita le ministre de son heureux choix.

Ce fut presque un événement, parce que les ministres ne sont pas toujours aussi heureux et qu'on ne les félicite pas plus souvent qu'il ne faut.

Bertalis reçut cinq ou six cents lettres de congratulations.

Un matin qu'il accompagnait son beau-père dans le pavillon, le vieux maître lui dit :

— Les temps sont venus où je dois t'initier aux grands secrets de l'art. J'ai fait mon testament afin qu'après ma mort on ne te reproche pas, comme à Prométhée, d'avoir cherché à dérober le feu du ciel. Tiens et lis.

Bertalis lut :

„Ceci est mon testament.

„En souvenir de son affection et de son sublime dévouement pour moi, je lègue à Lucien de Bertalis, mon fils, mon héritier et mon élève, le génie que m'ont donné les esprits des maîtres éternels.

„Joseph Anderstein."

— Ne me remercie pas, c'est inutile, dit le fou, va-t-en.

Lucien quitta son beau-père ; en chemin il fut sur le point de déchirer le singulier testament, mais soit par respect, soit autrement, il le serra précieusement dans un portefeuille et le mit dans sa poche.

Anderstein devenait de plus en plus sombre et taciturne.

Il passait des journées entières dans le pavillon sans vouloir souffrir que personne le dérangeât. Il avait demandé à n'être point troublé, et malgré les craintes que leur inspiraient ces absences, sa femme et sa fille s'abstenaient d'approcher du pavillon.

Un jour que Bertalis traversait le jardin, il fut étonné d'entendre son beau-père jouer du piano.

Au risque de déplaire à son maître, il entra dans le pavillon, mais Anderstein ne s'aperçut pas de sa présence. Il jouait avec une animation étrange et son visage paraissait inspiré.

Tantôt des mélodies d'une suavité extrême s'égrenaient sous ses doigts, tantôt des airs de défi ou de bravoure partaient avec une vigueur surnaturelle, un air doux et amoureux passait à travers tout cela comme un ange rayonnant à travers les nuages.

Bertalis, pâle d'admiration, restait cloué sur le seuil de la porte, ne sachant pas ce qu'il devait le plus admirer ou des mélodies admirables qu'il entendait ou de la science exquise qui les reliait les unes aux autres.

Anderstein ayant fini, se retourna par hasard et aperçut son gendre confus et les yeux baissés comme un gamin pris en faute.

— Ah! tu étais là, dit le maître en souriant, tu n'as pu, j'en suis sûr, résister au bonheur d'entendre les secrets que m'ont confiés les esprits des êtres immortels.

— C'est vrai, maître, répondit Bertalis, je suis venu malgré moi.

— Cela ne m'étonne point, l'univers suivra ton exemple; aussi bien peu m'importe: mon œuvre est achevée, tu viens d'entendre l'ouverture; comment la trouves-tu?

— Admirable.

— N'est-ce pas?

— Eh bien, je vais te faire entendre ma partition tout entière; assieds-toi.

Le maître prit un rouleau qu'il déploya et lut:

# LA FIANCÉE DE MITLA

## OPÉRA

*Paroles et musique du maître Joseph Anderstein*

(Hessois)

Le théâtre représente la vallée de Mitla, rochers, bois, ruisseaux, fleurs, site admirable; à droite, au premier plan, la chaumière de la mère de Nora; à gauche celle de Manoël, le chasseur de panthères; au fond, les montagnes couvertes des ruines des palais des anciens rois.

### SCÈNE PREMIÈRE.

Nora, couchée sous sa tente, regarde travailler les vanniers; les vieillards causent au fond; sur le devant, les enfants jouent.

— Vois-tu la scène, Bertalis?

— Oui, maître.

— Beau décor, n'est-ce pas?

— Ravissant.

— Eh bien! écoute maintenant le chœur des femmes.

Il préluda et chanta d'une voix ferme et claire en s'accompagnant:

Sous nos doigts la paille blonde
S'arrondit en frais paniers;
La liane vagabonde
Se marie au latanier,
Et la perle blanche et ronde
Se déroule en longs colliers.

Travaillons comme les abeilles,
Tressons nos corbeilles.
Sous l'ombre épaisse des palmiers
Faisons nos colliers.

— Comment trouves-tu cela, mon fils !

— C'est d'une simplicité et d'une grâce adorables.

— N'est-ce pas ? les vers assez mauvais, mais ce n'est pas mon métier de faire des vers, d'ailleurs ils sont rythmiques, c'est le principal.

— C'est mon avis.

— Nora attend Manoël, le chasseur de panthères ; c'est son fiancé ; il ne vient pas, elle s'inquiète :

Je ne sais pas pourquoi mon cœur est attristé ?

— Que dis-tu de cette phrase ? C'est plutôt un pressentiment qu'une tristesse ?

— En effet.

— Remarque, je te prie, que pour ne pas entrer dans des récitatifs interminables, je laisse une grande part à l'orchestre, pendant que sa mère la console et que par gestes les femmes lui disent qu'elle s'inquiète à tort. Alors elle dit sa romance qui elle-même aide à l'exposition. Écoute bien cet air parce qu'au cinquième acte il doit, en revenant, produire un grand effet.

C'est l'aigle, je suis l'hirondelle,
C'est le chêne, moi le roseau,

Il est lion, je suis gazelle,
C'est le fleuve, moi le ruisseau,
Il est fort, moi j'ai la faiblesse,
Je suis l'aurore, il est le jour,
Femme, pour lui j'ai la tendresse,
Il a l'amour !

— Encore de mauvais vers, mais que veux-tu ? j'ai fait ce que j'ai pu.

Bertalis ne répondit pas ; il était en admiration devant des accents vraiment nouveaux pour lui.

Le vieux fou continua :

— Ici je n'ai pas mis de ritournelle, la cantatrice est obligée de se promener, elle tousse, s'apprête, et bonsoir l'illusion ; les hautbois répètent tout simplement le dernier vers :

Il a l'amour.

Le basson répète, après le hautbois, do dièze, ré mi do naturel. C'est bien simple, mais il y a un effet dans la simplicité même.

— Oh ! dit Bertalis dont les yeux brillaient d'une façon étrange, je ne suis pas embarrassé de la musique, vous êtes le plus grand artiste du monde ; mais je ne vous cacherai pas que votre poëme m'inspire des craintes.

— Moi, j'en suis sûr.

— Vous étiez sûr aussi de celui de *Luther !*

— Ne parle plus de cela, mon fils, il est des noms qu'il faut laisser dormir. Oui, je suis sûr de mon poëme parce qu'il contient toutes les passions qui naissent dans le cœur de l'homme, l'amour, la haine, l'avarice, la cupidité, la vengeance. Partout où il y a de l'or et une femme, vois-tu, il est inutile de chercher la passion, elle arrive toute seule.

— Tout cela est bel et bien, mais enfin votre sujet?

— Il est bien simple. Nora aime Manoël.

— Manoël aime Nora, bon. Après.

— Après, dit le fou, comment, après? Ah oui, je te comprends, j'ai la tête faible, attends. Ah! oui. J'y suis. Après, c'est un certain Diégo, capitaine aventurier, qui fouille la contrée avec mille hommes, pour trouver de l'or. Il devient amoureux de Nora qui lui résiste. Alors une idée horrible passe par la tête de cet homme. Il fait répandre le bruit parmi les bandits, qu'il commande, que Nora et Manoël sont les descendants des anciens rois du pays et qu'ils ont bâti leurs chaumières à l'endroit qui recèle l'or. Tu vois d'ici le tableau, mon fils, dans une minute cette vallée verdoyante devient un lieu de désolation. Les chaumières sont démolies ou brûlées, les arbres sont arrachés ou brisés, le sol bouleversé. Ce délicieux séjour n'est plus qu'un champ de désolation et d'horreur: — L'homme a passé là.

— Heu! fit Bertalis, ce serait peut-être joli en peinture.

— En musique, c'est sublime. David a fait le

*Désert;* moi! j'ai fait l'ouragan. L'ouragan, entends-moi bien; pas le tremblement de terre qui laisse debout une montagne au milieu des montagnes effondrées; pas la tempête qui brise pour fertiliser ensuite; pas l'avalanche qui respecte un chalet sur la colline; pas une armée en quête de gloire, écrasant sur le sol les ennemis vaincus et s'arrêtant pour ne pas violer l'endroit solitaire où reposent les morts d'hier. Cherche après la tempête, cherche après l'armée, tu trouveras peut-être une fleur échappée élevant sa modeste tige au milieu du désastre. Mais, après l'homme qui a fouillé pour trouver de l'or, tu ne trouveras rien, rien; pas une tombe respectée, pas un brin d'herbe, pas une goutte d'eau limpide.

Eh bien! continua le fou, en s'exaltant, eh bien! j'ai décrit tout cela; j'ai montré ces aventuriers arrivant gais et pleins d'espoir:

Amis, prenons notre essor,
Loin des misères humaines,
Sur les monts et dans les plaines,
Allons moissonner de l'or:
De l'or!...

On les voit donner le premier coup de pioche. Leur cœur est rempli d'espoir. Leur imagination fait les plus doux rêves, demain chacun de ces bandits sera un roi; il pourra tout avoir, tout prendre, et tout oser, il sera riche.

Tiens, veux-tu entendre la chanson du mineur:

La vie est courte, il faut jouir.
Le travail rend la vie amère,
Laissons les esclaves souffrir
Et remuer leur coin de terre.
Nous, libres, traversons les mers,
Allons fouiller Kief ou Golconde,
Nous reviendrons riches et fiers,
L'or nous fera les rois du monde.

Comment trouves-tu cela? Parle, oh! ne crains pas de me déplaire, soit franc, mon cher fils.

— Je vous l'ai dit, maître, je suis dans une profonde admiration.



FIN DU TOME PREMIER.

Naumbourg s/S., imprimerie de G. Paetz.

www.ingramcontent.com/pod-product-compliance
Ingram Content Group UK Ltd.
Pitfield, Milton Keynes, MK11 3LW, UK
UKHW031856260826
14628UKWH00002B/802

9 782013 090124